바다는, 스캔들

바다는, 스캔들

초판 1쇄 발행일 2015년 10월 28일
초판 2쇄 발행일 2015년 11월 20일

지은이 김근수
펴낸이 양옥매
디자인 황지영
교 정 임수연

펴낸곳 도서출판 책과나무
출판등록 제2012-000376
주소 서울특별시 마포구 월드컵북로 44길 37 천지빌딩 3층
대표전화 02.372.1537 **팩스** 02.372.1538
이메일 booknamu2007@naver.com
홈페이지 www.booknamu.com
ISBN 979-11-5776-106-7(03810)

이 도서의 국립중앙도서관 출판시도서목록(CIP)은 서지정보유통지원 시스템
홈페이지(http://seoji.nl.go.kr)와 국가자료공동목록시스템
(http://www.nl.go.kr/kolisnet)에서 이용하실 수 있습니다.
(CIP제어번호 : CIP2015028610)

김근수 단편소설집

책과나무

제아무리 사소하고 남루할지라도

어쩔 수 없이 세상의 후미진 곳을 들여다보아야 하는 것인데

거기에서 묵묵하게 끄트머리를 겨우 지탱하는 사람들

스스로의 삶의 조건에 반듯하게 입각해있는 사람들

마침내 가지런히 침묵하며 저마다를 살아내는 사람들

그들이

그날그날 무사하기를, 쓰면서 나는 바랐다.

아주 짧은 반성

주지육림으로 한밤을 탕진하여 지출이 과하면 저는 아내의 눈치를 살피느라 숨만 쉬면서 지내야 됩니다. 이런 날이면 일찍이 집으로 들어가서 걸레질이며 설거지를 자청해서 해야 됩니다. 설거지하는 제 뒤에서 아내는 카드 전표를 들고 앓는 소리로 바가지를 긁습니다. 아내의 바가지에는 리와인딩 장치가 있는 것인지 저의 모든 과거지사의 지출이 빠짐없이 적시되어 재생됩니다. 저는 아내의 바가지에 여기저기 긁히면서 쩔쩔맵니다. 이런 날이면 저는 아내의 속앓이를 처방해야만 해서 몇 가지 긴급 조치로 다짐을 합니다. 야근을 철폐할 것이며, 모든 술자리는 회피할 것이며, 나다닐 때 가계의 경제를 염두에 둘 것임을 맹세한 금석과도 같은 처방전을 내놓아야 합니다. 하룻밤 고기 안주와 술자리의 참상으로 저는 이리도 무참합니다. 아내는 아버지만큼 한없이 엄한 존재입니다.

　이런 날 늦은 밤이면 슬며시 시집을 꺼내어 아내의 옆구리에 다소곳이 붙어서 정말로 조신하게 시를 읽습니다. 제가 소리 내어 시를 읽으면 제 아내는 철없는 저를 쳐다보고 난감해 하면서도 못 이기는 척 시늉하며 듣습니다. 제가 시를 읽고 아내가 들을 때, 아내의 얕은 숨내음이 행간으로 번지고 생채기 난 아내의 마음결이 시어에 포개져 닿으면 술 많이 먹는 저도 사람인지라 가슴 한쪽이 아려옵니다. 남편에 대한 원망과, 남편에 대한 이해의 파고들이 속내에서 밀리고 쓸리우는 소리가 숨결로 전해질 때 저는 아내가 안쓰러워 또 쩔쩔맵니다. 아내는 어머니처럼 가없이 아리따운 존재입니다.

어떤 개평

애랑은 해녀였는데 바다에 몸을 던져 죽었다. 애랑의 몸은 물 위로 떠오르지 않아서 주검을 수습하지 못했다. 수직으로 바다를 막고 선 해안단애의 절벽에서 애랑이 몸을 놓아버릴 때, 덕배는 한달음에 마당바위로 달려 내려갔다. 갈매기들이 날아오르며 떼를 지어 울었다. 바다 어디에도 애랑의 모습은 없었고 허연 파도가 해안단애를 다그치고 있었다. 덕배는 물속으로 뛰어들었지만 소용돌이에 휘말려 실신했다. 마당 바위 위에서 눈을 떴을 때, 덕배는 벼락이 터져서 깨져버리는 하늘을 보았다.

덕배가 마을을 떠나던 날 일본 군인 두 명이 돌에 맞고 칼에 찔려서 죽었고 헌병 분소가 불탔다. 마을 사람들은 불을 끄지 않고 내버려 두었는데, 일본 군인이 몰려와 군홧발로 밟는데도 누구도 덕배의 행방을 말하지 못했다. 마을 사람들은 몰라서 모른다고 말했을 뿐인데, 그럴 수는 없다며 밟혔다. 어찌해 볼 수 없는 날들 앞에서 애랑은 죽었고 덕배는 마을을 떠났다. 애랑이 몸을 던졌던 절벽 위에 도라지 두 뿌리가 자라서 바람 속에서 꽃을 피웠다.

G사의 발전소 건설부지는 O읍 항구에서 1킬로미터 북쪽에 위
치한 마을의 방파제 안쪽을 매립해서 들어설 예정이었다. 지식
경제부는 수도권과 중부권, 강원권의 장기 전력수요 조사와 수
요 전망에 근거해서 발전소 추가 건설 필요성을 확인했다. 정부
는 발전소 입지 최적지에 대한 확정과 철회를 거듭하다가 결국
O읍의 북쪽 해안마을로 최종 확정 발표했다. 바다가 깊이 밀고
들어간 마을은 새끼손톱 모양의 백사장을 거느리고 해안을 따
라 길게 뻗은 산맥의 능선을 배후로 취락하고 있었는데 인근 마
을들에 비해 취락 가구 수가 적고 어장의 규모와 어장주의 연대
가 미미하다는 현장 실사팀 보고서를 바탕으로 발전소 건설 부
지로 선정되었다. 해병전우회, 읍민발전대책위원회, YMCA,
환경단체는 즉각 발전소 건설 백지화를 위한 대책위를 설립하
여 연합 성명서를 발표하고 발전소 건설 절대불가 입장을 표명
했다. 정부 발표 이튿날부터 O읍을 관통하는 중심도로변에 현
수막이 걸리기 시작했다.

　－ 청정해역 동해안에 발전소가 웬 말이냐 －
　－ 주민의견 개무시한 발전소는 전면무효 －
　－ 마을을 쑥대밭 만드는 발전소 건설 목숨 걸고 규탄한다 －
　도로변을 쓸면서 마파람이 불어오면 현수막이 팽팽하게 부풀
면서 O읍의 허공은 시끌벅적 웅성거리기 시작했다. 사 년 전이
었다.

마을 이주 계획이 확정되었다. G발전소는 마을 부지 사용권과 해안 매립권을 확보했다. 마을 이주 계획의 골자는 24개 취락 가구를 전부 새로운 마을 부지로 이주시키는 것이며 부지는 G발전소가 구입하여 24가구에 무상 분배하는 방향으로 가닥을 잡았다. 읍내에서 서쪽으로 3킬로미터 떨어져 있는 산자락을 허물고 개토하여 취락을 조성한다는 말이었다. 원덕은 마을 주민 대표단과 회동을 가졌고 한 가구를 제외한 스물세 가구 세대주의 인감날인을 받은 보상합의서를 건네받았다. 그동안 이십여 차례 마을 주민을 위한 설명회를 가졌고 보상 문제와 향후 이주 계획을 지속적으로 합의했다. 두 달에 한 번꼴로 마을회관과 G발전사 현장 임시 가설사무소, 읍사무소 소강의실을 번갈아 가면서 자리를 만들어 사 년이라는 협의 과정을 거쳤다. 처음 설명회를 할 때, 원덕은 소주 다섯 박스, 음료수 다섯 박스, 칠십인 분의 수육, 각종 쌈, 야채, 쌈장, 고추, 마늘, 새우젓, 종이컵, 나무젓가락을 들고 마을회관을 찾았다. 주민들 대부분은 바다에 기초한 생활방식과 생계를 이어가고 있었고 바다의 여건과 물때에 맞추어 조업시간이 정해져 있어서 원덕은 주민들이 모두 모일 수 있는 시간을 맞추느라 진땀을 흘렸다. 원덕은 팀장에게 설명회의 개요와 향후 계획을 브리핑했고, 팀장의 지적사항을 보완해서 결재를 받았다. 본사 상생협력처에 합의 공문을 기안하고 제반 특이사항과 지형도를 붙임 해서 전자문서로 보고했다. 본사 상생협력처장 전결로 공문은 합의되었고,

상생협력처장 지시사항이 붙은 문서가 회신되었다.

- 조속처리요망, 상생협력처장 -

원덕은 상생협력처 회신공문을 요약 붙임 해서 예산배정 질의 공문을 기안하고 팀장 전결로 본사 재무처 예산팀에 보고했다. 본사 재무처장 전결로 공문은 합의되었고, 예산팀장이 재무처장 지시사항을 붙여서 회신했다.

- 조속집행요망, 재무처장 -

원덕은 상생협력 차원에서 마을 이주계획에 대한 업무 추진 전권을 부여받았으며 재무처의 배정예산 집행 권한을 동시에 부여받았다.

- 서동수, 이 친구는 언제 해결될 예정인가.

- 차일피일하며 만남을 기피하고 있습니다. 서동수 씨 부친이 어업권을 자체적으로 매각했는데, 토지보상에 대해서도 그동안 한 번도 구체적인 요구 금액이나, 특이사항을 제시하지는 않았습니다. 팀장님께서도 잘 아시다시피 다른 주민들이 금전적 요구사항을 감정적으로 표출했던 것에 비해 서동수 씨는 잠잠한 편이었는데, 일은 가장 더디게 진행되고 있습니다. 근래에는 전화연결도 신통치 않습니다.

- 어업권도 처분했고, 보상액에 대한 요구사항도 없다면 제일 먼저 합의서가 들어왔어야 되는데 일이 지연되는 이유는 뭔가.

- 오랜 삶의 터를 버리고 떠나야 하니, 아마도 심적으로 주저

되는 면이 있는 것 같습니다.

　– 이 사람, 이거 무슨 소리 하는 건가. 지금 그게 타당한 사유가 된다고 말하는 것인가. 다 쓰러져 가는 촌집을 두 배가 넘는 보상금을 쥐어 잡혀가며, 그것도 모자라 집 지을 터도 만들어 주고 있는데, 얼씨구나 하고 받으면 되는 것이지, 심적으로 뭐가 불안하단 말인가. 당신이 이렇게 물러터진 말을 하고 있으니 그 친구가 우리를 호구로 보는 것 아니냐 이 말이야. 지금 본사에서는 발전소 건설공사 진행사항을 사장님께서 지경부에 일일 보고를 하고 있는데, 고작 한 집 때문에 공사 스케줄이 어긋나고 있다면 회사 입장이 말이 아니고, 하루가 지연되면 회사의 손실액이 또 얼마나 늘어날지 모르고 하는 소리인가. 감정적인 정리를 하든, 무슨 마음을 먹고 있든 그건 우리가 알 바가 아니고, 이번 주 내로 만나서 처리를 하게. 술을 원하면 술을 사주고, 밥도 사주고 해서 합의서를 받아 내란 말이네. 이번 일의 중요성을 모르는 겐가. 자네도 승진해야 되지 않겠어?

　팀장은 이번 일만 잘 마무리되면 승진이 예정되어 있었다. 발전소 건설 본부 내에서는 팀장의 승진을 기정사실화하고 있었고 그에 합당한 예우와 의전이 갖추어져 있었는데 본부장 주관 임원회의에도 팀장은 배석했다. 팀장은 사석에서 원덕에게 곧 부장님 이라고 하면서 술잔을 건네주었다. 원덕은 손을 받쳐서 술잔을 받고 한 호흡에 마셨다. 생수가 담긴 컵에 마신 술잔의 테두리를 살짝 적셔서 헹군 다음 냅킨으로 잔의 테두리를 닦고 팀장에게 손을 받쳐서 건네었다. 팀장은 다른 직원들과 담소를 나누면서 한 손으로 잔을 받았다. 술자리에서 팀장은 발전소 건설이 가져다주는 경제적 파급효과를 수치화된 금액으로 말했고, 기간산업이 창출해내는 국가 경제의 GDP 상승을 말했다. GDP 0.1% 상승은 이런 마을 전체 연간 생산액의 천 배에 해당하는 규모이며, 마을 사람들이 천 년을 벌어야 하는 금액이고 그것은 이 마을 사람들이 앞으로 삼십삼 대를 이어가면서 한 푼도 쓰지 않고 서기 삼천삼백 년까지 모아야 되는 금액이라고 말했다.

— 자그마치 천 년이야 천 년!

팀장의 셈법에서 마을 부지에 들어서는 발전소는 마을 천 개를 소거해서라도 들어서야 되는 가치를 지닌 국가발전의 디딤돌이라는 것이었다. 그 지대한 과업에서 어장이니, 어구니, 노쇠한 뱃머리에서 겨우 건져 올리는 물고기 몇 마리가 무엇이겠는가. 또한 바다와 그 바다에 기초한 삶의 연속성도 하찮고 청승맞은 걸림돌인 것이었다.

— 사람들이 애국심이 없어. 국가대표 축구 경기할 때만 생기는 게 애국심으로 알고들 있단 말이야. 창피한 줄 알아야지. 안 그런가? 곧부장.

곧부장. G발전소에서는 승진에 임박한 직원이나 차장을 곧차장, 곧부장이라고 불렀다. 승진철이 되면 곧차장과 곧부장들은 간부들의 회식자리에 가서 수저, 물수건, 소주잔, 맥주잔, 물

컵을 인원수에 맞춰서 미리 배치를 했는데,

　- 우리 용도는 물수건 깔아주는 딱 이 용도구먼,

이라고 자조 섞인 푸념을 했고 술자리가 파할 때까지 바른 정신으로 만면에 웃음을 머금고 있어야 했다. 회식 도중에도 분위기를 띄우는 건배 제의를 서열에 맞게 진행했고 박수를 유도했다. 회식이 끝나면 모범택시를 호출해서 간부들이 기거하는 사택까지 부탁하고 나서야 넥타이 끈을 풀어헤쳤다. 주말에도 그들은 부장급 이상 간부들의 스케줄에 본인들의 일정을 초침 하나 어긋남 없이 맞추어두었다. 곧, 이라는 말은 대기상태라는 말과 동의어여서 그들은 직속상관, 인사담당 부장, 각 부처 요직에 포진한 간부들의 거동을 수첩에 기록해 두고 대기했다. 곧, 이라고는 해도 곧부장에서 '곧'을 떼어내는 시간은 짧게는 일 년, 길게는 사오 년이 걸리기도 했고 그 기간이 흐지부지 흘러가버리면 은연중에 자리가 사라져 버리기도 했다. 차장 7년 차 원덕은 작년에 처음 곧부장 소리를 들었고 금년에도 곧부장 직위에 올라 있었다.

　- 사 년 전에 말이지. 얼마나 난리였던가. 자연훼손이니, 발전소가 웬 말이냐며 목숨 걸고 규탄한다고 읍내 거리마다 플래카드가 죄다 빨갛게 도배가 되었었네. 무슨 해방구처럼 말이야. 근데 지금은 어떤가. 아, 지금도 도배가 되어 있긴 하지. 근데 이번에는 내용이 백팔십도로 달라진 거야. 발전기를 더 건

설해서 더 잘살게 해 주십쇼, 이러고 있지 않나. 당장 사 년 동안 읍내에 유입된 인구와 돈이 눈에 보이니 서로 혈안이 된 거야. 심 봉사가 눈을 떠버린 거지. 애당초 문제의 본질은 자연 훼손이니, 발전소의 유해성이니 이런 문제가 아니었단 말이지. 돈을 달라고 하기가 염치없으니 엉뚱하게 자연을 걸고 넘어가는 것이네. 그게 모양새가 덜 사납거든. 무슨 일만 있으면 자연 훼손이니 난개발이니 이러니 국가가 일을 못 해. 그것들 속을 들여다보면 전부 돈을 더 내놓으라는 날강도 같은 말뿐이란 말이지. 깡통처럼 속은 텅 비고 시끄럽기만 한 말, 말이야.

팀장은 자신이 파악한 세상의 이치를 토해내고 있었다. 그 세상은 선명하고 자명해서 자 하나와 연필 하나, 지우개 하나면 스케치해 낼 수 있는 세상이었다. 팀장이 파악한 세상의 질서 속에는 사회경제적 프레임은 어떻게든 작동되는 것이고, 그 프레임은 아주 쉽고 간명해야 한다는 일종의 확신이 들어차 있었는데, 발전소는 팀장의 확신 속에서 반듯하게 건설될 것이었다. 마을이 자리를 비켜주고, 보잘것없이 텅 비어있는 바다를 메우는 콘크리트 구조물은 국가적 염원이 실현되는 낙원의 초석인 셈이었다. 원덕은 혈관 속으로 풀어져 가는 알코올 기운에 정신이 혼미해졌다. 한없이 밀려오는 파도의 대오를 바라보며 싱싱한 해풍을 독대하고 서 있던 자신이 기우뚱 허물어져 가고 있는 느낌이었다.

- 이게 바로 사람들의 본성이네. 어차피 호모 에코노미쿠스지, 아니 호모 머니어스라고 해야겠군, 머니, 돈 말이야 돈! 돈 냄새가 나니 몰려들었고, 밑천도 없으면서 노름 재미는 알아가지고 판에 끼어든 것 아닌가. 들고 있는 패도 형편없으니 깽판을 놓는 일이 유일한 방편인 거야. 돈맛을 알면 치마를 걷어 올리는 법 아니던가. 어디 치마만 걷어 올리겠나. 좀 있어 보라구. 이제 아예 먼저 다리를 벌리게 되는데 웬 걸, 거기서 생선 썩은 냄새가 진동을 하니 줘도 안 먹지.

　여직원이 없는 자리여서 팀장의 말은 거침이 없었다. 원덕은 번져가는 취기를 잡으려고 연거푸 물을 마셨다. 목구멍에서 갈증이 심하게 올라왔다. 마을을 처음 조망하기 위해 올랐던 해안 절벽이 눈앞에 다가왔고 젊어서 죽었다는 여성의 사연을 가진 신당과 깎아지른 절벽에 서서 바라보던 경이로운 수평선이 펼쳐지고 사라지기를 거듭했다. 그 절벽 언저리에 피어있던 도라지꽃이 청아한 색을 바람에 풀어내어 멀리 바다로 보내고 있었다. 개인과 나라의 무궁한 발전을 위하자며 팀장이 마지막 건배사를 소리쳤다. 팀장은 취기가 돌아서 발음이 말려있었지만 자세와 성량은 흐트러짐이 없었다.
　- 개나발!

　세상에 존재하는 모든 것들은 교환되어져야 마땅한 것으로 그

것이 설령 하늘이든, 바다든, 땅이든, 영혼이든, 사랑이든, 문화든지 간에 자본과 교환되지 않는 것은 존재할 수도 없고 존재해서도 안 되는 것이라고 팀장은 말했다. 만물은 어떤 기준이든 상품 세계로 동질화되어 있으며 내재한 고유의 감성과 개별적 특수성을 제거하고 상품으로서 가치가 확보되는 것이니 상품은 필연적으로 돈으로 교환될 수 있어야 자본주의는 성립한다는 말이었다. 분명한 그 말들이 원덕은 어려워서 뭐라 대꾸할 수 없었다. 어업권에 대한 보상규정은 명확하지 않았다. 민법에서 어업권은 토지권 개념으로 설정되어 있었지만 땅이 아닌 바다를 토지와 동일하게 처리해 낼 수 있을지 원덕은 선뜻 납득할 수는 없었다. 땅에서 소출되는 곡물의 수확량을 수치로 계산해내는 일도 쉬운 일은 아닐 테지만, 바다에서 포획되는 어획의 종과 량을 수치화하는 것은 난감해 보였다. 땅은 공시지가가 있고 과년도의 수확량과 시중에 유통되는 가격으로 수치화하면 납득하거나 신뢰할 수 있는 근거가 될 수도 있겠지만 바다는 공시된 가격도 없거니와 설령 있다고 해도 그것의 정량성을 확보하기에는 무리가 있어 보였다. 바다는 금이 그어져 있는 것도 아니고 문서가 있는 것도 아니었다. 금 그을 수 없는 수면을 지리적 표기법으로 한정하여 구역을 억지스럽게 설정할 수는 있겠지만 그 한정된 수면 아래에서 생멸하는 어류, 패류, 갑각류, 연체류인 모든 살아있는 개체의 유동성을 일시적으로 포착하여 고등어, 꽁치, 조가비, 골뱅이, 새우, 대게, 문어, 오징어의 개체 수를 정육면체 크기의 틀에 가둘 수 있을 것인지를 원덕은 생각했다. 그것은 가망 없어 보였는데, 가망 없어도 바다는 보상되어야 했다. 어업권을 보유한 어선은 조업권한과 어구와 그물, 어장의 과년도 생산실적과 향후 5년의 어업실적 예상치를 묶어서 보상했다. 연안통발, 연안유자망에 대한 조업권은 보상절차가 진행되는 중이라도 개별 거래를 인정했고, 조업권의 실거래가격을 토대로 선주협의회와 수협이 제시한 금액을 보정하고 공증하여 보상금액을 산정했다. 해녀들에 대한 보상은 연중 조업가능일수를 산출해서 하루 치 벌이를 일당으로 계산했고 향후 3년의 조업실적 예상치를 지급하는 방법으로 확정했다. 해녀들은 설날과 추석에도 조업을 했기 때문에 330일 치의 보상금액을 원했지만, 국정 공휴일과 명절과 일요일을 조업 일로 인정할 수 없다는 판단 아래 261일 치 보상되었다. 해녀들은 해녀에게 국경일은 무엇이며, 일요일은 또 웬 말이냐고 마을회관에 현수막을 걸었지만, 국민권익위원회의 권고와 보상사례를 고려하였으며 국민의 보편적 정서에 부합하는 노동일수에 근거했다고 보상팀은 안내문을 배포했다. 해녀들은 해녀들의 조업과 국민권익위 권고와의 상관성과 물水질에 관한 국민 일반의 보편적 정서라는 게 무엇인지를 묻고 싶었으나, 물을 수 있는 말들이 모자랐다.

새벽 어스름을 찢고 파쇄기계가 돌았다. 차량 후미 쓰레기 수거 칸으로 쓰레기봉투가 터지면서 들어갔다. 마구잡이로 밀어 넣은 내용물들이 으깨지면서 시큼하고 역한 오물을 지렸다. 야광안전 조끼를 걸친 동료미화원이 차량 후미에 매달렸고 차량은 다시 이십여 미터를 주행하다 섰다. 차량이 설 때마다, 동료미화원은 전주 옆에 내버려진 쓰레기봉투 더미를 차량 수거 칸으로 집어 던졌고 파쇄기계를 작동시켜 수거 칸의 안쪽으로 쓰레기더미를 으깨서 밀어 넣었다. 삼인 일조 환경미화원은 운전담당과 수거담당 두 명이었고 운전과 수거를 순번을 정하여 교대로 담당했다. 오늘 운전원은 동수였다. 쓰레기 수거를 담당하게 된 동료미화원 두 명은 도로변 양쪽을 번갈아 맡아서 쓰레기더미를 차량으로 옮겼고, 동수는 가다 서다를 반복하며 O읍의 중심을 관통하는 도로 위에서 엑셀레이트와 브레이크를 조작했다. 읍내 입구에서부터 출구까지 2차선 도로는 대략 2킬로미터였고 J자 형으로 굽어서 뻗어 있었다. 바닷가 쪽으로 발전소가 들어서고 있어서 발전소에서 자동차 전용도로까지 이르는 통로의 고속이동을 확보하기 위해서 도로확장공사가 한창이었다. 도로 중앙차선은 지워져 흔적이 없었는데 임시차선을 따라 위험표지판과 임시 차선 표시를 알리는 플라스틱 콘이 줄지어서 있었다. 도로변을 따라 키 큰 건물들이 드문드문 올라가고 있었고 토호세력을 형성하면서 오래전부터 읍의 중심부에 자리한 낮은 상가 건물들은 큰 간판을 내걸어 저마다의 영업품목을 드러내고 있었다. 전주와 가로등이 엄호하듯 도로를 사열했고, 전선이 공중을 가로질러서 사열의 대오를 엮어냈다. 전주와 전주 사이 현수막이 공중에 매달려있었는데, 2킬로미터 도로변을 따라 줄잡아 서른여 개가 넘는 현수막이 구호와 단체를 달리하며 시위 대열에 동참하고 있었다. 동료 미화원이 끈이 풀려 바닥에 떨어진 채 더럽혀진 현수막을 걷어서 청소도구함에 실었다. 매일 한두 개의 현수막을 청소도구함에 쑤셔 넣는데, 다음 날이면 어김없이 다른 협회의 이름으로 현수막은 다시 거치되었다.

– 이 짓 때려치우고 현수막이나 만들어 파는 게 돈이 될 것 같네.

동료 환경미화원 한 명이 현수막을 청소도구함에 쑤셔 넣으며 푸념 섞인 어조로 말했다.

– 괜한 소리 그만하고 이게 마지막이네. 정리하고 퇴근해야지.

동수는 동료 미화원이 뒷좌석에 올라타는 것을 확인하고 깜빡이고 있던 비상등을 껐다. 대형화물차가 라이트 조도를 신경질적으로 들어 올리더니 클랙슨을 길게 끌며 앞지르기했다.

– 니미, 식겁하겠네. 저러다 대형사고 한 번 나지.

동료미화원이 먼지 구름을 일으키며 사라져 가는 화물차에 대고 소리쳤다. 동수는 동료에게 음료를 건네고 기어를 변속했다. 읍내 중심 도로를 벗어나자 시야가 트였다. 우측 편으로 골리앗 기중기가 어스름을 뒷배로 둔중하고 사나운 몰골을 하고 멈춰서 있었다. 거뭇하고 육중한 골격의 맨 꼭대기에는 시뻘건 불빛이 신경질적으로 허공에서 반짝거렸다. 갓 태어나는 바다에서 해조음이 신음하듯 이어졌고 파도의 파문을 고스란히 새긴 바다 내음이 비릿하게 풍겨왔다. 돔뱅이구름이 하루의 출발 선상으로 일제히 집결하고 있었고 바다와 하늘이 퍼렇게 돋아나고 있었다.

― 딱 두 뿌리만 자란다는 거야. 백도라지, 자색 도라지, 딱 두 뿌리. 두 사람이 혼인을 약속한 사이였다더군. 애랑의 원혼을 달랜다고 여기에 신당을 만든 것 아닌가. 전해오는 말이 그래.

신당의 남청색 기왓장 위로 솔가지가 드리워져 우듬지를 걸치고 있었다. 동수와 동료 미화원은 신당을 돌아서 바다를 거느린 절벽 위에 섰다. 바람에 도라지꽃이 서로를 스쳤다. 가까운 바다는 매립공사와 방조제공사가 한창이었다. 바다의 먼 끄트머리에서 해가 돋아나 금빛 길을 마을 쪽으로 뻗어내었는데, 반쯤 돋아난 방조제와 매립지에 막혀 길은 끊어졌다. 먼바다에서 다시 신생하는 해가 알갱이를 바다에 흩뿌렸다. 알갱이로 떨어져 내린 빛의 부스러기들이 파도에 닿아서 빛의 편린이 온 바다에 바글거리고 있었다. 매립지에 세워진 중장비들이 기계음을 토해내면서 돌과 흙을 바다에 밀어 넣었다.

― 그 이후 덕배라는 사람은 어떻게 되었습니까?
― 그 길로 의병에 가입했는데, 나중에 누군가의 밀고로 붙잡혔다 하더군, 공주인가 어디 형무소에서 고문으로 죽었다고만 알고 있네. 뻔하지. 그때야 법이 옳았겠나, 재판이 있었겠나.

일본군을 죽였으니 살아날 재주가 없었겠지.

두 뿌리 도라지 꽃잎에 맺힌 이슬이 햇살에 미끄러져 내렸다. 여자가 몸을 부려버린 절벽에 어느 날 도라지꽃 두 뿌리가 자라서 한여름의 더운 바람기 속으로 꽃잎을 내었다는 것인데, 소금기마저 증발해가는 열기 속에서 그 꽃은 존재의 한 줌만을 겨우 거머쥐고 있었다. 백색과 자색 꽃이 서너 송이 피어 있었는데 바람에 흔들리는 그 꽃은 암흑의 정중앙을 스치는 맑은 빛을 긁어모아서 잎으로 발화시켜낸 듯 그 청아한 빛깔에도 불구하고 어둠의 심연이 포개져 있었다. 도라지꽃은 꽃으로의 실현을 원하지 않는 듯 보였고 깊은 사연 속에서 길어 올린 연정의 빛깔로 바람에 흔들렸는데 세상 모든 꽃들이 내지르는 아우성을 단호히 거절하고 아무런 기교나 치장 없이 조촐한 기척만으로 매달려 있었다.

덕배가 마을을 떠난 후 친인척은 경무서에 끌려가서 취조당했다. 순사들은 일촌부터 팔촌까지를 서류상에 기록해 두었고, 일촌부터 불러들여서 취조했다. 일촌에 대한 취조는 간결했다. 통역하는 사람이 붙어 있기는 했지만 정작 통역하는 사람이 통역해내야 할 말은 없었다. 덕배는 어디 있나? 순사는 덕배의 행방을 물었지만 답을 구하는 말은 아니어서 아무것도 묻고 있지 않은 말이었다. 모른다. 순사는 아버지의 목구멍에 호스를 밀어 넣고 수도꼭지를 열었다. 덕배는 어디 있나? 모른다. 순사는 인두를 불에 달구어서 어머니의 젖가슴을 찍어 눌렀다. 일촌에 대한 취조는 이런 식으로 사흘 밤낮 이어졌다. 아버지와 어머니는 숨만 붙은 상태로 수레에 실려서 마을로 돌아갔다. 마을 사람들은 위문하지 않았고 덕배의 경거망동으로 마을이 도륙당한다고 분개했다. 덕배의 항일투쟁에 자금줄이 될 수 있다는 이유로 아버지의 집과 밭뙈기는 몰수당했다. 아버지는 가솔을 건사해서 깊은 산 속으로 들어갔다. 덕배가 형무소에서 고문으로 죽었다는 소식을 들은 날에도 아버지는 돌덩이를 깨고 부수어 화전을 일구었다. 어머니는 새벽마다 맑은 물을 받아 두고 덕배가 무탈하기를 빌고 빌었다. 아버지는 어머니에게 덕배의 죽음을 말하지 않았다. 해방 이후 덕배는 독립유공 애국지사 대상자로 선정되었다. 아버지는 마을에 돌아가지 않았다.

동수는 사무실에서 부족 비품의 종목과 수량을 적어서 경리사무원에게 제출했다. 3중 필터 마스크, 고무장갑, 면장갑, 빗자루, 쓰레받기, 쓰레기봉투. 차량용 방향제 등이었다. 경리사무원은 콧잔등을 손가락으로 훑어 내리면서 동수가 적어낸 비품목록 장을 스캐닝해서 지급품의서에 붙임했다.

– 차량 방향제도 사야 해요?

경리사무원은 콧잔등을 찡긋거리며 말했다. 쓰레기차에 방향제가 웬 말이냐, 경리사무원의 야살맞은 어투는 현수막에 적힌 시위 구호와 닮아 있었다. 방향제를 풀어낸다고 쓰레기 냄새가 잡힐 리 없다는 경리 사무원의 말은 틀리지 않았다. 3중 필터 마스크를 두 겹으로 착용해도 인간이 쏟아낸 냄새는 찌를 듯이 살아서 코를 후볐고, 후각 세포를 모조리 장악해버렸다. 인간이 내질러 놓은 악취는 인간들의 수만큼이나 다양하고 고약해서 오물 수거 작업이 끝나고 나서도 코끝에서 가셔지지 않았는데 원래부터 인간의 세상에서 나는 냄새가 이런 유의 냄새가 아닐지를 동수는 자주 생각했다.

  - 마스크로 해결이 안 되니 그 방법이라도 취해보는 거지. 이를 테면 주술이야, 주술. 더는 악취가 퍼지지 말라고. 커피 뽑아 줘?

  - 아니 괜찮아요. 요즈음 누가 그런 싸구려 커피를 마셔요.

  - 커피가 다 그렇지 뭐. 어디 별스런 커피가 있나.

  - 비싼 게 맛도 좋아요. 사람도 서울사람이랑 여기 사람은 다르잖아요.

발전소가 들어서면서 서울과 수도권에서 전출해온 G발전소 총각 직원들은 피부색이 다르다며 경리사무원은 감탄사를 연발했다. 동수는 사무실 한쪽에 놓인 자판기에서 커피를 뽑아서 마셨다. 바닥 타일에 커피 쏟아진 흔적이 말라붙어 있었다.

  - 서 선생님 오늘 저녁식사 장소는 일전에 말씀드린 대로 옥류헌입니다. 시간은 예약한 후 다시 연락드리겠습니다. G발전소 기획차장 이원덕 드림 -

문자메시지가 휴대폰에 찍혔다. 기획팀 차장과의 약속은 저녁식사를 겸하는 자리였다. 합의당사자 일방의 신분증, 합의당사자 일방의 인감증명서, 인감도장, 토지대장을 첨부하여 합의서에 서명하고 지장을 찍어서 기획팀 차장에게 건네주는 자리인데 그 자리에서 따뜻한 밥과 술 한 잔을 기어이 대접하고 싶으며 모든 합의 자들이 밥을 함께 먹었으며 밥을 먹는 것도 업무의 연속이라고 기획팀 차장은 전화로 말했던 것 같았다. 동수는 말을 길게 할 기분도 아니고 해서 그럽시다, 하고 통화를 끝냈다.

민박합니다. 라는 글씨가 적힌 대문을 안쪽으로 밀자, 스산한 한기가 밀려왔다. 마당 입구에 말라비틀어진 지렁이 수십 마리의 사체가 널려 있었고, 손가락 마디만 한 개미가 죽은 지렁이의 살점을 떼어 물고 줄지어 이동하고 있었다. 동수가 대문 안으로 들어서자 발자국 소리와 그림자에 놀란 개미들이 대열을 이탈해서 흩어져 나갔다. 시멘트 마당에 금 간 틈새로 착종된 이름 모를 풀이 난잡하게 비집고 나와 있었고 군데군데 개미집이 낯선 흙 알갱이 더미를 이루며 부풀어 있었다. 담장의 안쪽 면을 따라서 개똥쑥대가 우쑥우쑥 마구잡이로 자라있었고 중뿔날 것도 없는 중나리 꽃이 서너 대씩 벌어져 있었다. 마당 귀퉁이 감나무에는 감들이 가지를 늘어뜨리고 제법 씨알 굵게 매달려 있었다. 정확한 수령樹齡은 알 수 없었지만 아버지가 어릴 적에 할아버지가 이식해서 심어놓은 감나무였다.

어릴 적 감이 열리면 아버지는 아직은 풋것인 감을 따서 쌀독에 묻어두었다가 떫은 기운이 누그러들고 단맛이 차오르면 첫 감을 숟가락으로 떠서 누워 계신 할아버지의 입속에 넣어주었고 동수를 불러 감 하나를 건네주었다. 할아버지와 동수는 아버지가 건넨 감을 오물거리면서 핥듯이 먹었다. 감물 들면 옷 버린다고 목을 길게 빼서 입으로만 먹으라고 아버지는 말했는데 동수는 기어이 옷에 흘리면서 먹었다. 겨울 첫서리가 내리면 홍시가 된 주먹만 한 감으로 조청 한 됫박을 고아서 시렁 위에 올려두었고 감 껍질을 벗기고 명주실에 엮어서 처마 밑에 걸어두면 해풍이 불어와서 꾸덕꾸덕 곶감이 영글었다. 찬 겨울밤 동수는 든바다에서 파도가 밀리고 쓸리는 소리를 들으며 곶감을 달게도 먹었다. 감나무 꼭대기에 매달린 마지막 네댓 개의 감을 딸라치면 아버지는,

– 까치밥이다. 날짐승도 겨울엔 배고프니 그냥 두거라,

했는데 그때 그렇게 말하는 아버지를 어린 동수는 이해할 수 없었다. 동수는 감나무에서 삭정이를 끊어내고 가지와 가지 사이에 매달린 거미줄을 손으로 걷어냈다. 푸른색 슬레이트 지붕의 골기마다 이끼가 끼어있었고, 인기척 없는 집은 살아온 지난 세월의 낌새를 걷어내고 폐가의 음험함으로 축축했다. 안방과 건넛방 문의 문살이 부서져서 햇살이 방 안으로 들어가 벽지에서 어른거렸다. 동수는 마룻바닥에 걸터앉았다. 담장 너머로 기중기의 움직임과 덤프트럭이 오가는 소음이 들렸고 먼 하늘에서

구름이 빠르게 흘러갔다. 화단에 노란 꽃들이 불쑥 자라서 바람에 쓸리고 있었다. 동수의 기억에 화단에 심어진 꽃은 중나리꽃, 봉선화, 채송화가 전부였다. 새나 쥐가 물고 온 꽃씨가 착종해서 자생한 야생화 같았다.

동수는 화단으로 걸어갔다. 노란 들국화 같기도 한 꽃은 꽃자루 없이 주름진 바소꼴 꽃잎을 열서너 장 벌리고 있었다. 들국화 꽃대에 해바라기 꽃이 이종 접목되어 있는 듯 꽃은 부자연스럽고 요사스러웠다. 암갈색 수술 주변에 선홍색 테를 두르고 있었는데 그 형상에서 문득 높은 산꼭대기에 몸을 숨기고 지내면서 다가올 광휘를 기다리며 태양신을 숭배했다는 어느 인디언 부족의 무늬가 보였다. 중나리 꽃도 외형의 요란함은 여염의 소박한 정서를 배제하고 색주가 여인네의 농염을 은연중에 드러내었지만 이 외래종 꽃은 아예 외설스럽고 강성한 야욕을 작심하고 풍겨내고 있었다. 저를 한껏 벌려서 기어이 보게 만드는 꽃의 기능에 충실해서 여과 없고 여실하게 드러내는 화밀花蜜은 중심의 암갈색 암 수술에서 현기증 나는 욕망이 농밀하게 집적되어 있었다. 들국화가 맑은 가을에 불어오는 산들바람과 햇살이 선선하게 어룽진 바람의 흔적과도 같은 꽃이라면 이 외래종은 타들어 가는 한여름 태양을 화피에 그대로 옮겨놓은 듯 요염하고 요망해서 요사스러웠다. 동수는 아침나절에 쩍쩍거리며 껌을 씹어대며, 손거울을 들여다보면서 핏빛 립스틱으로 입술을 치장하고 있던 경리사무원의 벌어진 입 언저리가 떠올랐다. 발전소 정규직인 남자를 만나서 단란하고 안정된 가정을 이루는 것이 경리사무원은 장래의 포부라고 말하면서 립을 둥글게 벌리고 스틱을 가져다 댔다. 붉게 그어진 그 열린 입술을 발전소 정규직인 남자의 입술에 포개고 또 포개면 그 여자의 꿈은 완성될 수 있을지 동수는 생각했는데, 붉은 루주를 칠해서 젊음의 중앙을 드러낸 다 자란 여자가 작심하고 남자를 찾는다면 남자가 버텨 낼 재주는 없을 것이어서 그 여자의 포부는 실현될 가망이 있어 보이기는 했다. 화단에 심어둔 봉선화는 기름기 자글거리는 외래종 꽃에 시달려 씨앗 주머니를 맺지 못한 채 말라가고 있었는데, 강성한 번식력을 앞세운 야망의 극성에 포위당하고서도 채송화는 단념하지 못한 생명으로서 서너 개 꽃을 겨우 매달고 납작 엎드려 있었다. 동수는 가살궂게 솟아난 외래종 꽃의 포기를 잡아채서 뽑아버렸다. 화단가에 세워져 있는 대나무 빗자루를 들고 동수는 말라죽은 지렁이를 한쪽으로 쓸어서 화단 한쪽 언저리에 뿌렸다. 휴대폰에 문자 메시지가 들어왔다. ─ 서 선생님 오늘 저녁식사 예약된 장소와 시간을 다시 보내드립니다. G발전 기획차장 이원덕 드림 ─

저쪽에서 말한 약속 시간까지는 두 시간 남아 있었다. 동수는 시간을 확인하고 집 대문을 나섰다. 북쪽으로 마을을 감싼 야트막한 산자락에서 뻗어져 나온 날뿌리들이 거친 절벽을 세워 해안단애를 이루고 있었다. 구부정하게 엎드린 넙데데한 바위는 절벽에서 떨어져 나와 바다와 육지를 번갈아 연민하듯 덩그러니 놓여 있었는데 형성기의 거친 모서리를 파도에 실어 보내고 둥글고 순한 형상으로 바다 쪽으로 납작 엎드려 있었다. 동수는 수평선을 지워내고 있는 방파제 건설공사와 중장비들의 움직임을 곁으로 두고 마당 바위 쪽으로 걸어갔다. 매립지 조성을 위한 방음벽이 철책처럼 마을 앞길을 에워싸고 있었다. 식음료를 팔던 가겟집 앞 골풀 사이로 빈 소주병들이 널브러져 있었고 그 앞으로 해당화가 붉게 피어있었다. 마을에서 공동구매하여 설치한 어선 연화용 상선기上船機가 텅 빈 골격으로 녹물을 뻘겋게 흘리며 방음벽에 맞서 있었다. 덤프트럭이 임시 진입로를 통과하여 매립지 안쪽으로 흙먼지를 일으키며 들어갔다. 흙먼지 사이로 G발전소에서 부착한 안내판이 흐리게 보였다.

〈수달보호구역〉
　이 지역은 천연기념물 제330호 이면서 멸종위기 야생동물 1급인 수달(Lutra)이 활동하는 장소로서 멸종위기 야생동물을 불법으로 포획하거나 독극물을 놓는 자는 야생동물 보호 및 관리에 관한 법률 제67조 규정에 의하여 처벌을 받게 됩니다. 또한 멸종위기 야생동물을 발견한 경우 G발전소로 연락바랍니다.
　안내판에는 수달의 모습을 촬영한 사진 네 장이 함께 인쇄되어 있었다. 고개를 들어 먼 곳을 주시하는 수달, 애바위에 누워

수초에 몸을 뉘이고 있는 수달, 물놀이를 하는 수달, 물고기를 입에 물고 있는 수달 이었다. 사진 속 수달은 동수가 어릴 적 개울가에서 보았던 수달과 닮아 있기는 했는데 사진 속 수달이 그 수달인지 아닌지는 알 수 없었다.

동수는 상선기 바로 옆에 푸석하게 말라가고 있는 삼흥호 쪽으로 걸어갔다. 낚시 손님을 태우고 가자미낚시 허가구역으로 가서 채낚시를 드리우고 물결에 출렁이던 삼흥호는 낚시 어선이라는 표지판이 무색해진 지 오래였고 글씨체의 페인트칠이 떨어져 나가 있었다. 삼흥, 이라는 글자체가 번지고 닳아서 암흑으로 읽혔다. 중장비와 덤프트럭에 영업장소를 내어주고 차폐 당한 삼흥호는 사개가 뒤틀렸고 갑판 널빤지의 물림부가 돌출되어 있었다. 숨줄이 끊어진 그물과 밧줄이 갑판 위에 아무렇게나 늘어진 채 나뒹굴고 있었는데 새까만 먹점들이 거기서 바글거리고 있었다. 동수가 다가가서 쳐다보니 새까만 점들은 쇠파리 떼였다. 사람이 살지 않는 마을에 기계 소리만 간헐적으로 들려와서 그런지 먹점 같은 쇠파리 떼는 인기척에도 날지 않았고 어망과 부표를 서식처로 삼아 쇠 끓는 소리를 갈아내고 있었다. 사람 손길이 떠나간 폐선의 갑판에 빗물이 고여서 모기 유충들이 바글거렸다.

동트는 바다 위로 금빛 길이 생기고 그 길을 가르며 삼흥호가 귀항할 때, 아버지는 묵시록 같은 바다의 노동과 고투를 홀로 감당해서 햇살에 반짝거리는 비늘을 뒤집어쓰고 왔다. 쓸쓸한 노동의 흔적은 아버지의 팔뚝에 돋을새김한 핏줄에서 오롯했지만, 노동의 성과가 당도하는 마을에서 아버지의 노동은 맥이 풀려서 가여웠다. 늘어진 그물을 사리면서 아버지는 수시로 바다와 하늘의 안색을 살펴서 다음날 출항 여부를 타진했는데 바다와 하늘이 포개지면서 경계가 들뜨면 다음 날 아버지는 출항하지 않았다. 출항하지 않는 날에도 아버지는 어김없이 삼흥호에 올라 어구를 손질했다. 아버지는 그물코를 이어가면서 마른 멸치를 안주로 소주를 마셨고 동네어른들은 새로 부임한 수협장이 바다를 모르는 얼간이라고 삿대질을 해댔다. 낚시꾼을 모아서 바다로 나가는 날이면, 아버지는 갑판에 세제를 풀어서 밀대로 밀었고 줄 낚시채비를 인원수에 맞추어 배치했고, 회칼을 숫돌에 갈고 도마를 닦고 초고추장, 파, 고추, 마늘을 준비했다. 낚시꾼들은 바다 한가운데에서 아버지의 세심한 도움으로 가자미를 낚았고 아버지는 갑판에서 회를 쳐서 낚시 손님에게 내밀었다. 더러 낚시꾼들이 아버지에게 소주를 권하면 아버지는 바다에도 길은 있어서 음주 운행은 안 된다 하며 한사코 손을 내저으면서 웃었고 기관실에 들어가서 키를 잡고 조류에 흐트러진 배의 방향을 잡았다. 낚시꾼들은 아버지가 이끌고 가는 바다는 포인트가 예술이라서 여자가 낚싯줄을 던져도 가자미가 문다고 말했는데 그런 말을 들을 때마다 아버지는 노안老顔을 허물어뜨리며 까무잡잡한 웃음을 걸었다. 아버지의 웃음은 파도의 오랜 무늬가 매달려 있었고, 바다 일의 적막함이 응축되어 있었다.

발전소 건설 부지로 마을이 선정되고 발전소 기획팀에서 토지, 어업권, 어로행위 보상을 위한 설명회가 시작될 무렵, 아버지는 삼흥호의 연안유자망 어업권을 수협에 입찰 의뢰했다. 수협은 어업권에 대한 적절한 보상액을 산정해서 판로를 만들어 주었다. 연안유자망 어업권은 연안 통발 어업권의 절반 가격에도 미치지 못했는데 발전소가 들어서는 어장의 어업권은 선호 대상이 아니어서 아버지의 연안 유자망 어업권은 형성된 시장가의 반값에 팔렸다. 아버지의 그물과 채낚시와 어구는 상태가 양호해서 제값에 거래되었지만, 삼흥호는 선체의 노후정도와 어업 행위의 성과 목적에 부합되지 않아서 거래당사자를 찾을 수 없었다. 어업권 판로를 수협에 의탁하던 날, 아버지는 삼흥호 갑판에 앉아서 하염없이 바다를 건너다보고 있었다.

모기 유충이 갑판에 고인 오래된 물에서 꼬물거리는 모습을 보면서 동수는 아버지의 가슴속에서 들끓었을 유전인자의 몸살 앓이를 떠올려보았다. 떠올린다고 떠올라지지 않는 것들을 동수가 떠올릴 수는 없었겠지만, 아버지의 마음속에서 답답하게 끓어올랐을 미증유의 몸살 앓이가 자신의 몸속 어디에서도 스멀거리고 있는 것 같기도 했다. 마을을 이전하기 위해서 발전소 측은 집단 이주 촌을 조성하고 있었고, 마을에서 5킬로미터 떨어진 발전소 사택 배후 임야 지를 개토해서 24호의 집단 주택을 마련하고 있었다. 발전소 기획팀의 설명에 의하면 새로운 이전부지는 전기, 수도, 가스관을 지중으로 매립하여 새로운 마을의 미관을 해치지 않으며 친환경 자재를 사용한 실내 인테리어를 설계서에 반영했으며 태양광을 이용한 에너지 자립형 주택 형태로 발주될 것이라고 말했다. 이주 촌을 조성하는 임야부지에서 파낸 흙과 돌들은 마을 앞 바다를 매립하는 기초 토공에 사용된다고도 했다. 토공량의 2퍼센트 정도라고 동수는 설명회에 참석했을 때 들었다. 그러니까 마을이 옮겨갈 자리에 산이 있는데 그 산을 옮겨와서 마을 앞 바다를 메우는 일이라고 했다. 개토와 성토의 골자는 산이 바다로 가고 바다에 기초한 삶이 산으로 간다는 말이었다. 중장비를 동원해서 분탕질로 마을 앞 바다를 메우는 일과 옮겨갈 마을부지인 임야의 삽질이 동시에 일어나고 있었는데, 동수는 동시다발적으로 일어나는 그 일들의 단순 셈법은 0이 아닌 것인지를 생각했지만 설명회에 참석한 서울에서 대학을 나온 발전사 기획팀 간부들은 수학적으로 설명해 주지를 않았다.

해안절벽과 마당바위 사이 그 연민의 고랑 사이로 파도가 치대고 있었다. 파도가 토해내는 허연 포말은 드센 출렁거림이 현저히 줄어서 답보상태로 마당바위 언저리에서 기진맥진했다. 절벽에서 생을 던진 여자와 그 여자를 살려내기 위해서 한달음에 달려왔다는 사내가 마당바위에 주저앉았을 때, 떼를 지어 울었다던 갈매기는 더는 오지 않아서 게 고동이 집게발을 간잔지런하게 놀리고 있었다. 마당바위 너머에서 든바다는 어기찼던 물살이 잦아들어 호수처럼 얌전했는데 발전소의 장래 해일 피해 방지 목적으로 설치 중인 일자형 방조제가 모습을 드러내고 있었다. 채석장에서 옮겨온 돌덩이를 실은 바지선과 기를 쓰고 바다 위로 솟아나고 있는 방조제 위에서 온갖 기능의 중장비와 기중기가 육중한 팔을 내어 돌덩이를 바다 속으로 쉴 새 없이 밀어 넣고 있었다. 돌덩이가 바다 속으로 밀려들어갈 때, 구멍 난 바다는 꿩음을 내며 시름했고 게 고동이 몸통을 움츠리며 집게발을 들어 올렸다, 마당바위와 마을길을 연결했던 널빤지를 엮어 만든 가교 위에서 동수는 삼흥호와 상선기가 있는 쪽으로 몸을 돌려 나왔다. 동수는 상선기의 왼편 기둥에 말려있던 유선 컨트롤러를 풀어냈다. 오랫동안 사용하지 않아서 컨트롤러는 작동이 매끄럽지 않았다. 컨트롤러 작동 버튼을 아래 방향으로 눌렀다. 상선기 상단에서 물음표를 거꾸로 매단 모양의 쇠갈고리가 뻑뻑한 소리를 끌면서 천천히 내려왔다. 동수는 쇠갈고리를 당겨서 삼흥호 선수 부분 닻을 거는 홈통 안쪽으로 갈고리를 걸었다. 컨트롤러의 상향표시를 누르자 쇠갈고리를 걸친 철 줄이 팽팽해졌고 쳐 박혀 있던 삼흥호가 복원력을 회복했다.

뒤틀렸던 사개와 널빤지가 제 자리에 박혀 들었다. 동수는 삼홍
호 갑판에 올랐다. 멀리서 파도가 크게 일어서 매립지를 삼키며
다가왔다. 방음벽에 파도가 달려들었다. 동수는 상선기의 끝단
까지 삼홍호를 끌어올려서 방음벽 너머 넘실거리는 바다에 진
수시켰다. 새까만 갈매기들이 떼를 지어 날아올랐고 뱃전에 고
인 물들이 배수 구멍으로 흘러나갔다. 동수가 쇠갈고리를 걷어
내자 삼홍호는 온전히 파도에 실렸고 흘수선 위로 '삼홍'이라는
푸른 두 글자가 제 모양을 갖추었다. 동수는 키를 변침해서 선
수를 마당바위 쪽으로 돌렸다. 물은 점점 더 부풀어 수평선보다
높이 올랐다. 해안 절벽 위에서 도라지꽃이 몽롱한 자주색을 물
에 풀어내었다. 신당 기와지붕 위에 걸린 해송의 우듬지에서 수
달 한 마리가 까치발로 엉버팀하다가 파도에 휩쓸렸다. 도라지
꽃물이 자꾸 풀어져 나왔고 가자미가 무리지어 바다를 날아다
녔다. 보랏빛 꽃물이 풀어지고 가자미가 날아오르는 그 사이로
한 여인이 머리 타래를 길게 늘어뜨리고 유영해 왔다. 수달이
여자의 품을 파고들었다. 난바다에서 붉은 알갱이가 몰려와 동
수의 동공에 점점이 맺혔다.

원덕은 최종합의서를 팀장에게 보고했다.
― 시간이 좀 더 걸릴 것 같다더니. 내 뭐랬던가. 술 한 잔 넣
어주고, 구슬리면 안 될 일이 없다고. 국가와 국민을 위해 하는
일인데. 그동안 고생 많았네. 이 차장 아니 이 부장. 저녁에 시

간을 비워두시게. 오늘 같은 날 상무님 모시고 편안하게 한잔해야지. 지금 바로 상무실에 다녀오겠네.

마을 이주계획이 합의 추진된 사 년여의 시간 동안 지리멸렬하게 끌어온 합의 과정이 끝나는 순간이었다. 팀장은 합의 완료를 상무와 본부장에게 보고했고, 본부장은 본사에 합의 완료 사실을 서면 보고토록 지시하고 사장 대면 보고를 위해 본사 출장길에 올랐다. 원덕은 최종합의서 24건의 서류를 개별 파일화해서 본사 감사실에 특정사안 일상 감사를 의뢰했고 동시에 법무팀을 수신처로 지정해서 보상 관련 법률검토 안을 보안문서로 송부했다. 사무실 창밖으로 루드베키아 꽃을 착종하는 작업이 한창이었고 키 큰 나무들이 버팀목에 결박되어 우뚝우뚝 서 있었다. 그 저녁 식사 자리에 동수는 오지 않았다. 다음날 동수의 합의 서류는 우편으로 원덕 앞에 도착했다. 보내는 이의 주소와 이름은 없었다.

G발전소 사옥에서 자동차 전용도로에 이르는 확장 도로변에 메타세콰이어 길이 조성되고 있었다. 조경을 맡은 업체는 발전소 조경 사업유치 설명회 자료에서 메타세콰이어를 풍치목으로 추천했는데 이 나무들은 공룡시대부터 지구상에 존재해온 대표적인 화석식물이며 수고樹高가 삼십 미터를 넘게 자라는 데다 뿌리가 깊고 야무져서 가뭄과 태풍에도 강성하므로 G발전소의 천년대길과 지속발전을 염원하는 상징적 역할을 할 것이라고 브

리핑했다. G발전소는 본사에서 이미 지정한 사목社木이 있었지만, 발전부지의 특성과 21세기 선진발전의 모범 사업본부로서 메타세콰이어 조경조성은 승인되었다. 조경업체는 사옥 주변과 읍내 가로수를 메타세콰이어로 이식하는 작업을 시행했다. 발전소라는 이미지가 표출하는 드라이함을 화려하게 치장하고 대외적으로 과시할 필요성으로 꽃길을 조성하기로 하였다. 루드베키아가 그 풍성한 번식력과 태양 빛을 바투 덧칠해놓은 이국적 화려함으로 세계화와 친환경 발전소의 이미지에 부합되는 꽃이고 메타세콰이어 조경과 루드베키아 꽃길 조성은 O읍의 관광객 유치에도 도움이 되므로 읍민들도 반색하고 있다고 조경업체는 덧붙여 말했다.

점심이 지나면

정인은 간호조무사 자격을 취득하고 큰숲내과에 취업했다. 의사 1인, 간호사 2인의 소규모 의원이었다. 규모는 작았지만 원장이 대학병원 내과전문의 출신으로 내시경 검사에 일가견이 있다는 입소문을 타고 있었다. 전임 간호사는 의사의 부인이었고 임신 이십 주여서 출산 준비를 위해서 조리원에 입원했다. 정인은 의사 부인인 전임 간호사의 후임으로 취업했다. 내원하는 환자는 장염 환자와 내시경 환자가 대부분이었다. 정인은 환자를 진료실로 인도하거나, 의사가 전송한 처방전을 출력해서 환자에게 건네고 카드를 그어서 진료비를 계산하는 일을 했다. 혈관 주사를 놓는 일은 선배 정 간호사가 주로 도맡았고, 간혹 엉덩이 주사는 정인이 직접 놓았다. 환자의 엉덩이를 손바닥으로 때리고 주사기를 꽂아서 약물을 투입할 때 정인은 자신의 몸에 고여 있는 체액이 흘러나가는 것 같은 느낌을 받기도 했다. 내시경 도구를 세척하고 살균하는 일과 주사솜과 주삿바늘을 분리해서 의료전문 오물수거업체에 전하는 일도 간호조무사인 정인의 몫이었다.

　현영은 하의를 탈의하고 정인이 건네준 환자용 원피스를 입고 진료침상에 누웠다. 정인은 내시경 삽입호스를 세정 소독기에 소독하고 현영이 누워있는 침상과 의사가 앉을 의자 사이로 내시경 기계를 끌고 갔다. 정인은 받칠 수 있는 네모진 가죽 받침대를 현영의 허벅다리와 둔부 사이에 끼워 넣었다. 현영은 상체와 하체를 번갈아 움직여 자세를 고쳤다. 천장의 조명등에서 빛이 쏟아졌다. 정 간호사가 녹색천으로 현영의 하체를 가려주었다. 천막처럼 부푼 녹색천 아래에 현영의 벗은 하체가 들어 있었다. 의사가 들어와서 내시경 기계에 전원을 올리고 시술용 고무장갑을 꼈다.

– 편안하게 생각하십시오. 잠에서 깨고 나면 검사는 끝나 있을 겁니다.

의사는 현영의 혈관을 찾아 주사기를 꽂고 우유색 약물을 밀어 넣었다. 현영은 주삿바늘의 가늘고 예리한 통증이 느껴졌다. 의사와 간호사의 얼굴이 흔들거리며 시야에서 허물어졌고 몸은 강보에 감싸인 듯 조붓했다. 자동차가 지나가면서 내는 엔진소리, 창에 바람이 부딪는 소리, 전원스위치를 올리는 소리, 초침과 분침이 어긋나는 소리와 같이 사소한 소리들이 의미 있는 소리로 귓가에 밀려오더니 가만히 사그라져갔다.

– 두 분은 점심 드시고 오세요. 시간이 좀 걸릴 테니.

정 간호사가 내시경검사실의 커튼을 내렸고, '점심식사중'이라는 팻말을 병원출입문에 걸었다. 점심시간은 오후 한 시 반까지였다. 자주색 린넨 스커트를 입고 남청색 블라우스로 갈아입은 정 강호사는 몸의 균형이 알맞았다. 정 간호사는 승강기에 부착된 거울을 보면서 머리카락을 매만졌다. 눈, 코, 입술 부분이 비친 거울에 사람 손때가 묻어있어서 얼굴의 중심이 안개에 쌓인 듯 보였다. 왼쪽 눈초리에서부터 광대뼈 사이에 화장으로 가린 기미가 지도처럼 번져 있었다.

현영은 의식이 몽롱했다. 낙엽 속에 포옥 쌓여 잠들었다 깨어난 기분이었다.

– 조그마한 용종이 있습니다. 우선은 지켜보면서 추이를 관찰해야 될 것 같습니다. 크게 걱정할 정도는 아니니 너무 염려하지는 않으셔도 되겠습니다. 피부에 생기는 작은 돌기 같은 겁니다. 몸의 안쪽도 마찬가지로 그런 것들이 생기고 사라지곤 합니다. 일반적으로 물혹이라고 하지요. 한 달 후에 다시 검사하도록 하죠. 오늘은 돌아가서도 됩니다.

현영은 수면이 덜 깬 상태에서 의사의 말을 들었다. 의사가 하는 말들을 붙잡아 머릿속에서 해독해 내는 일이 아득했다. 의사의 얼굴이 차츰 또렷해졌다. 모니터를 들여다보는 의사의 비스듬한 얼굴은 피부에 잡티가 없어서 상처받거나 구겨져야 할 자존심 같은 것은 없어 보였다. 진료실 벽에 매달린 시간이 현영의 눈에 들어왔다. 오후 한 시 사십 분이었다. 열두 개의 숫자와 시침과 분침만 박혀 있어서 벽 전체가 커다란 시계처럼 여겨졌다. 현영은 옷을 추스르고 진료실을 나왔다. 정 간호사가 다음 검사 일정과 주의사항을 알려주었다. 점심시간을 지나서 전철은 한산했다. 하혈이 비치는 것인지 아랫배가 묵직했다. 현영은 핸드백으로 배를 가리고 손으로 아랫배를 쓰다듬었다. 전철이 한강 위로 올라왔다. 건너편 영동대교가 가물거리며 미색으로 번져갔고 물이 끓어 넘치듯이 한강에 햇볕이 들끓고 있었다. 갈증이 밀려와서 목 안쪽이 건조했고 허기가 뱃속에서 요동쳤다.

신해철이 죽었다. 이승철, 서태지, 싸이, 윤도현 등 선후배 가수들이 일제히 추모했고, 생전에 그가 불렀던 노래들이 음원 차트 정상에 올랐다. 종편 뉴스 채널에서는 의료과실에 따른 사망을 사인死因의 제일선상에 두고 분석했다. 사인으로 보이는 장협착 수술에 관한 병리적 소견들이 쏟아져 나왔고 집도의가 수술한 과정을 그림으로 화면에 띄웠다. 연예 뉴스는 신해철의 일대기를 편성해서 그의 데뷔, 그룹 넥스트 시절, 대마초사건, 복귀하기까지에 이르는 일련의 생애를 세밀하고 소상하게 전했다. 소속사 측은 기자회견장에서 의료사고를 사인으로 보고 있으며 부검결과가 나오면 변호사를 통하여 법적 소송을 진행할 것이라고 말했다.

'좁고 좁은 저 문으로 들어가는 길은, 나를 깎고 잘라서 스스로 작아지는 것뿐, 이젠 버릴 것조차 거의 남은 게 없는데 문득 거울을 보니 자존심 하나가 남았네. 하루 또 하루 무거워지는 고독의 무게를 참는 것은 그보다 힘든 그보다 슬픈 의미도 없이 잊혀지긴 싫어 두려움 때문이지만 저 강들이 모여드는 곳 성난 파도 아래 깊이 한 번만이라도 이를 수 있다면 나 언젠가 심장이 터질 때까지 흐느껴 울고 웃다가 긴 여행을 끝내리. 미련 없이' 신해철이 생전에 불렀다던 민물장어의 꿈이라는 노래가 흘러나왔다. 현영은 노래를 들으며 내시경 기계의 끝에 매달린 호스를 떠올렸다. 가끔은 엉뚱하지만 이미지가 중첩되어 들쑤셔오면 고개를 내젓게 되는 것들이 있었다. 이제 장어구이는 못 먹을 것 같다고 현영은 생각 했다.

　- 아줌만지 아가씬지 몰라도 이게 왜 빠져나가냐고? 그걸 지금 묻는데, 그따위를 답변이라고 지금 지껄이고 있는 거야!
　- 고객님, 그런 것이 아니고, 자초지종을 더 소상하게 알아야 해결이 될 것 같아서요, 그러니까.
　- 이봐! 아줌마! 내 말을 지금까지 뭘로 들은 거야. 귀먹었어, 당신! 같은 말을 몇 번 시키게.
　- 고객님, 제가 도와 드릴 수 있을 것 같습니다. 그러니까.
　- 이런 쌍년이, 고객님은 무슨 얼어 죽을 고객님이야. 니들이 언제부터 고객을 생각했다고 이래! 내 통장에서 당신네가 돈을 빼갔잖아. 날강도 같은 것들이.
　고객은 욕설과 하대로 일관했다. 현영은 말을 이어 나갈 수 없었다. 이럴 때는 듣고 있는 것이 최선의 방법이라고 교육 강사는 CS강의 중 말했다. 실무적인 고충을 이해한다고는 말했지만 실무적인 고충은 실무를 하는 사람에게 항시 붙어있는 것이고 고충의 대가는 이미 급여에 포함되어 있기 때문에 고충도 업무의 일부라는 말이었다. 최대한 듣고, 최대한 추임새를 넣어주면 제풀에 힘이 빠질 때가 있다고 교육 강사는 CS교본에 있는 말을 했는데 실무적으로도 대개 이렇게 몇 분 동안 고성이 지나고 나면 고객의 음성은 수그러들 때가 있었다. 세상일은 언제나 올라서면 내려서게 되는 절대 법칙이 존재하는 것인데 때론 그 법칙이 절대 개무시되는 경우도 있었다. 이번이 바로 그랬다. 아랫배가 아파왔다. 신해철의 사인인 장협착이라는 단어가 머릿속을 지나갔다. 대장 내시경검사는 수술이 아니라 시술이니까 후유증이 있을 리는 없었다. 민물장어 같은 호스가 항문을 지나서 대장을 거슬러 올라가는 모습이 어른거렸다. 현영은 내시경검사 전에 삼일 동안 죽만을 먹었다. 시술 열 시간 전부터 금식하라고 병원에서는 말했지만 열 시간으로 현영은 안심할 수 없었다. 장에 음식물 찌꺼기가 변의 형태로 들어차 있는 속내를 누구에게 보여주기 싫었고 그녀 자신도 확인하고 싶지는 않았다.

─ 고객님, 제가 지금 전산을 확인하고 있습니다. 기본적인 정보를 주셔야.

─ 야! 내가 이름 말했잖아. 너 귀머거리야? 요새 세상이 어떤 세상인데 정보를 더 달라는 거야. 이런 씨팔거! 이름 조회하면 나오

잖아. 너, 직원 맞아? 너 내가 지금 이까짓 돈 몇 푼 때문에 전화하니깐, 내가 없이 보여? 야! 나 사장이야. 사장. 너, 사장 몰라?

– 고객님 그런 뜻은 아닙니다. 저는 다만 성함만으로는 조회가 어렵기 때문에 드리는 말씀입니다. 성함으로 조회된다면 사장님을 아시는 누구든지 사장님의 소중한 개인정보를 조회할 수 있다는 말인데 그러면 안 되지 않겠습니까? 그러니까,

– 이게, 지금 누굴 가르치는 거야. 됐고, 윗사람 바꿔! 직원들 교육을 도대체 어떻게 한 거야. 고객님 고객님 말은 이렇게 하면서 고객의 말을 아주 홍어 좆으로 들어요. 보자보자하니깐. 빨리 윗사람 바꿔! 아니, 이 번호로 당장 전화하라고 해!

전화가 끊겼다. 현영의 눈시울이 얼얼해지면서 펜을 들고 있던 손가락이 덜덜거렸다. 옆에 앉은 언니가 등을 토닥여주었다. 머릿속을 어지럽게 기생충이 기어 다니고 있는 것 같았고 가슴 안쪽이 먹먹해졌다.

– 무슨 일이죠?

고객센터 파트장이 현영의 뒤에 다가서며 물었다. 옆에 앉은 언니가 녹취 파일을 파트장에게 전송했다. 현영은 이마에 손을 짚고 사무실을 나가 휴게실로 갔다. 현영은 휴게실 창을 바라보고 섰다. 건물의 저 아래로 차들이 장난감처럼 움직이고 있었다. 현영의 시야에 머물던 붉은 점들이 창에 박혀서 떨어져 내렸다. 비행운을 길게 끌면서 비행기 한 대가 날아가고 있었다.

― 면 먹자, 나가사키 우동 어때?

― 좋죠. 국물이 끝내줘요.

정인은 오래전 광고에서 유행했던 말로 대답했다. 점심시간이라 일본식 우동 가게엔 사람이 붐볐다. 정인과 정 간호사는 계산대에 섰다.

― 나가사키 두 개, 조가비 초밥 여섯. 자기, 오늘 계산은 내가 한다.

정 간호사는 지갑에서 카드를 꺼내서 계산했다. 원장이 사용하는 카드였다.

― 언니, 그거 원장님 카드랑 똑같은 거네요.

― 아, 이거, 내꺼야. 아니 내께 아니고 얼마간의 금액은 간호사 식대로 사용해도 괜찮아. 일로와. 저기 앉자.

정 간호사는 다소 당황한 행동을 보였고 평소와는 다르게 서두르는 기색이 보였다. 정인은 원장 카드로 점심을 먹는 것이 부담스럽고 찜찜했지만 정 간호사가 말했듯이 식대로 사용하는 것은 회식용도로 정산이 가능할 것도 같아서 깊이 생각하지 않았다. 주문한 음식이 나왔다. 우동 국물에 가쓰오부시가 얄팍하게 떠 있었다. 가다랑어를 말리고 찌고 다시 말려서 얇게 긁어낸 가쓰오부시는 낡은 나무를 대패로 밀어낸 것처럼 푸석해서 나무에서 떨어져 나온 것 같았다. 후 불면 그대로 중력을 벗어나 멀리 날아가 버릴 듯 위태로워 보였는데 습자지처럼 얇은 막에 무늬가 박혀있었다. 물고기에도 나이테가 있을지를 정인은 생각했는데 물고기에게 나이테가 있어도 이상할 것은 없을 것 같았다. TV에서 회귀성 어종인 연어를 방생하는 영상을 본 적이 있었다. 동해안 남대천, 오십천으로 알을 품고 돌아온 연어를 잡아서 인공부화장에서 수정시키고 치어를 방류해서 다시 바다로 돌려보내는 다큐멘터리 영상이었다. 강의 물이 자주 말라 담수량 확보를 위해서 강줄기의 큰 굽이마다 보를 설치하자 연어가 산란 장소에 이르지 못하고 도태되는 경우가 많아서 사람의 손이 반드시 필요하다고 전문가로 보이는 사람은 카메라를 보고 말했다. 방생된 치어들이 태평양의 큰 해류를 타고 다니다가 성어成魚가 되면 알래스카를 크게 돌아 쿠릴열도의 좁은 해협을 빠져나와 남대천으로 다시 돌아온다고 연어의 회귀모형도를 설명했다. 어떻게 연어가 제 태어난 남대천으로 정확하게 돌아오는지를 사람들이 알 수는 없지만 아마도 남대천 물 냄새를 기억해서 올 거라고 현재까지 전문가들은 파악하고 있었다. 정인은 영상에서 바위에 긁히고 할퀸 연어를 보면서 생의 마지막 해를 스스로 알아서 제 가야 할 곳을 더듬거리고 찾아내는 연어의 본능을 생각했다. 넓은 대양을 돌아다니는 저것들의 본능은 놀랍고도 무서운 것이었다. 정인은 연어의 DNA에 각인되어 있을 남대천의 물 냄새를 떠올려 보았다. 세상 모든 종에는 생의 밑바탕 기억이, 이를테면 어떤 나이테 같은 것이 있을 것이다. 나무가 나이테를 둘러 그해의 풍파를 고스란히 새기듯이 물고기도 습생의 과정 어딘가에 세월이 얹혀 있어야 될 것이다. 연어는 척추문 어류강 청어목 연어과 물고기라고 다큐멘터리 영상에서 전문가라는 사람은 진화론적 분류법으로 설명했는데 굳이 안 해도 되는 말이었다. 우동의 쑥갓을 건져 먹으면서 정인은 쑥갓 특유의 향도 세월이 각인시킨 고유한 본성이 스미어있는 것은 아닐지를 생각했다. 정 간호사는 폭이 깊은 숟갈에 면발을 얹어서 입으로 가져갔고 국물을 머금어서 삼켰다.

─ 언니, 저 요 앞 은행에서 현금 좀 찾아올게요.

겨자를 반쯤 덜어내고 초밥을 입에 넣으면서 정인은 말했다.

─ 현금이 다 떨어져서 불안해요. 미리 뽑아 둬야죠.

─ 그래, 다녀와. 여기서 기다릴게.

정인은 휴대폰과 지갑을 챙겨서 나갔다. 우동 가게에서 도로를 건너면 은행이 있었다. ATM 앞에 사람들이 줄을 서 있었다. ATM에서 현금을 셈하는 소리가 좌르르 들렸다. 사소한 소리들이 잘 들리는 날들이 종종 있다. 새벽에 비가 창을 두드리거나, 동틀 녘 산수유 가지 속에서 올망졸망 참새가 지저귀거나, 변기통을 휘돌고 물이 빠져 내려갈 때거나, 샤워 꼭지를 돌리면 목과 가슴골을 적시는 한밤의 물줄기처럼 소리들이 일상의 잡티를 지워내며 소리로만 오롯이 드러날 때가 있다. 이런 사소한 소리들이 문득 들릴 때에는 언제나 예상할 수 없었던 일들이 일어나곤 했다. 잔잔한 일상에 파문이 일어서 한없이 무너져 내리기도 했고, 겨우겨우 살아가는 일에 무력감을 느끼기도 했다.

음식점에서 혼자 밥을 먹는 일이 버거운 노동으로 다가올 때, 이런 소리들이 귓전을 떠나지 않았고 처음 섹스 할 때, 마음의 어지러움과는 정반대로 한없이 단순한 소리가 버석거리기도 했다. 이런 소리들이 문득 들릴 때 사람이 버틸 수 있도록 지탱해주는 것은 세상에 별로 없을 것이기에 자살이 마지막 선택이 되는 것이라고 정인은 생각했다. 사소한 소리가 들리는 날에 정인은 언제나 오금이 저리고 아렸다.

― 볼 일이 있어서 어디 좀 들렀다 갈께. 아 참, 올 때, 원장님 수제버거 하나랑 바닐라 커피 세 잔 테이크아웃 부탁해.―

정 간호사가 SNS로 전해온 글자들이었다. 급하게 쓴 글인데도 구두점은 찍혀 있었다.

― 네, 언니.―

정인도 구두점을 눌러서 답 글자를 보냈다. 앞사람이 ATM을 돌면서 한숨을 내쉬었다. 정인은 지갑을 열어 체크카드를 찾았다. 지갑 속 내용물은 단출했다. 명함 서너 장, 신분증, 간호조무사 수강생들과 변산반도 격포 채석강에서 찍은 사진 그리고 체크카드가 전부였다. 체크카드가 보이지 않았다. 정인은 지갑의 구석구석에 손가락을 집어 넣어보았지만 체크카드는 없었다. 바로 뒷줄에 선 사람이 헛기침을 했다. 정인은 슬쩍 물러나서 다시 한 번 명함과 신분증, 사진 뒷면을 살폈지만 찾을 수 없었다. 집에 두고 왔나? 아니다. 아침에 출근할 때, 전철역 진입대에서 지갑째 전철 요금을 찍은 기억이 났다. 그러고는 다시 핸드백에 넣어두었다. 왕십리역에서 환승했고 마지막 출구역까지 줄곧 서서 왔다. 아무 일 없었다. 사람들은 붐볐고 오십대로 보이는 아저씨의 손이 가슴을 스쳐 갔고 뒤에 서 있는 남자의 하체가 몸에 닿았지만 아침 시간에 전철에서 그런 일은 비일비재했다. 지갑을 핸드백에 넣어두었는지 손에 쥐고 있었는지 기억에 없었다. 넣어두었다면 핸드백을 한 손으로 안다시피 하고 있어서 흘리지는 않았을 것이다. 들고 있었더라도 단추가 열리지 않은 이상 카드만 빠지지도 않았을 것이다. 그렇다면 전철 안에서는 잃어버리지 않았을 것이고, 그다음은 어디였지? 병원으로 오는 길에 편의점에 들러 요거트와 삼각김밥을 샀었다. 그때, 카드를 받았었나? 기억나지 않았다. 아르바이트하는 남자의 머리카락에 조명이 닿아서 기름기가 번들거리고 있었던 것은 기억에 있었다. 그 남자가 카드를 돌려주었었나? 머릿속을 요리조리 더듬어도 도무지 기억해 낼 수 없었다. 벌써 단기 기억상실증인가? 스물넷 먹은 여자가 그럴 리는 없는데, 아니 그럴 수도 있나? 정인의 걸음이 병원 건너 편의점에 도착해 있었다. 여자 아르바이트생이 카운터에 앉아있었다. 정인은 편의점 문을 밀었다. 딸그랑하는 종소리가 신경질적으로 울렸다.

 - 아침에, 그러니까 여덟 시 이십 분 경에 제가 여기에서 요거트와 삼각김밥을 샀거든요. 그때는 남자분이 계산하셨는데. 교대한 건가요?

 - 네, 열 시에 교대했어요.

- 혹시, 그분이 카드 같은 거 인계하지 않았나요? 제가 계산하고 여기서 안 받은 것 같아서요.

　- 글쎄요? 잠깐만요.

　여자는 카운트 서랍을 열어 보았다. 여자가 한 손으로 처진 머리카락을 쓸어올렸다. 화장기 없는 여자의 피부 톤이 그대로 드러났다. 젊은 피부는 맑았지만 아르바이트하는 일의 무색무취한 낯빛과 피곤함이 고스란히 베여있었다. 젊어도 돈을 버는 피로함은 비켜가지 않는 것 같았다. 여자가 카운터에 몇 가지 물건을 쏟아내어 놓고 손바닥으로 훑었다. 천 원권 지폐 몇 장과 동전 몇 개, 운전면허증, 휴대폰이 보였다. 그 옆으로 여자가 점심으로 먹고 있던 샌드위치와 우유가 있었고 영어단어 암기장이 보였다.

　- 카드는 없는데요. 이것 말고는 특별히 인수인계받은 것은 없고요.

　여자가 걱정스런 눈빛으로 말했다. 정인은 건성으로 목례하고 황급히 편의점을 나섰다. 급여를 받고 보름이 지나갔다. 체크카드의 한도액은 오십만 원 정도 남아 있을 것이다. 카드 신청서를 쓸 때, 삼만 원 이상 구매할 경우 문자메시지가 오는 조건이었다. 정인은 휴대폰에 손가락을 그어서 문자메시지를 확인해보았다. 가장 최근 문자는 학원을 함께 다닌 윤간에게서 온 것이었다. 윤 간호사를 정인은 윤간으로 입력해 두고 있었다. 윤간이라는 말의 어감이 그제서야 파렴치한 단어로 다가왔다.

윤 간호사에게 미안했다. 고쳐야겠다고 생각하면서 다음 메시지를 열었다. 보름 전에 급여가 이체되었다는 메시지였다. 그렇다면 아직 누군가 카드를 쓰지는 않았다는 말이다. 정인은 발걸음을 빨리했다. 아니지. 이만구천 원씩 쓴다면 한도액에 이를 때까지 문자메시지는 오지 않을 것이다. 소리 없이 은밀하게 돈은 사라질 수도 있는 것이다. 가끔 몇백억 원이 통장을 잘못 찾아 들어간 경우를 인터넷 뉴스를 통해 들었다. 그 소식을 들으면서 어떻게 저런 일이 가능할까, 라는 생각을 해보긴 했었다. 천억 원 정도 되는 돈이 옮겨갈 때, 아무런 조치가 없다면, 문자메시지와 같이 어떤 형태로도 보고를 할 필요가 없다면 여러 차례에 걸쳐 수천억도 옮겨 다닐 수 있겠구나 하는 생각이 정인의 머릿속을 떠다녔다. 생각이 이상한 쪽으로 나아가는 것을 말릴 수도 없고 체크카드는 분실된 상태로 행방이 묘연하고 신호등 신호는 길어서 정인은 조바심이 났다. 신호등이 녹색으로 바뀌었다. 병원이 저만치 보였다. 9…8…7 녹색 신호등이 숫자를 줄여가면서 사람들을 재촉했다. 운전석에 앉은 사람들이 신호계통을 뚫어져라 쳐다보며 앞다투어 출발하기 위해 앉은 자세로 온몸에 힘을 싣고 있었다. 정인은 그런 흔한 풍경을 지나치며 횡단보도를 사선으로 건너갔다. 병원이 자꾸 멀어져 갔다. 걸음이 다가가면 블록이 저만치로 나가 앉는 것 같았다.

승강기는 전원이 꺼져 있었다. 정인은 계단을 뛰듯이 걸어서 삼 층 병원으로 들어갔다. 슬리퍼가 자꾸 벗겨졌다. 점심시간이라는 팻말이 여전히 문고리에 걸려있었다. 출입문이 잠겨 있었다. 주머니 안에 다행히도 열쇠가 있어서 정인은 문을 열고 들어갔다. 원내는 조용했다. 점심시간 직전에 내시경검사를 받으러 온 여자는 진료가 끝났을 것이다. 정인은 휴대폰에 입력된 윤간의 이름을 윤 간호사로 바꿔야겠다고 생각하면서 간호사실로 걸어갔다. 핸드백을 열어보니 체크카드가 한쪽 구석진 곳에 있었다. 다리에 실려 있던 힘이 빠져나가고 가슴에서 심장이 뛰는 소리가 비로소 들리기 시작했다. 수제버거와 바닐라커피 석 잔이라는 정 간호사의 부탁이 막 생각났다. 정인은 체크카드를 지갑에 넣고 간호사실을 나왔다. 정 간호사는 보이지 않았다. 원장실에 사람이 있는 것인지 달그락거리는 소리가 났다. 진료실 쪽으로 발걸음을 옮겼다. 창에 커튼이 드리워져 안쪽을 들여다볼 수 없었다. 정인은 발걸음을 돌렸다. 휴대폰에서 한 시 정각을 알리는 진동이 손아귀에서 느껴졌다. 점심시간은 아직 삼십 분이나 더 남아 있었다.

정 간호사는 정인이 횡단보도를 건너가는 모습을 보면서 시간을 확인했다. 열두 시 삼십 분이었다. 정상적이라면 내시경검사는 끝났을 시간이었다. 한 달에 열 번이 넘게 대장 내시경은 예약되어 있었다. 대부분의 경우 오전 10시 이전에 검사는 끝이 났다. 대부분의 경우는 그랬지만 가끔은 점심시간 앞에 예약이 되는 경우도 있었다. 내시경 예약 시간은 원장이 결정하는 사항이므로 간호사들이 조정할 수는 없었다. 원장부인이 간호사로 함께 근무할 때에도 원장은 대장내시경 일정은 직접 시간을 정해서 조율했다. 점심시간이 임박해서 내시경검사를 하게 되면, 원장은 말했다.

- 정밀검사라 시간이 걸려요. 내원 환자 받지 마시고, 식사는 먼저 하고 오세요. 이 간호사가 정 간호사 모시고 나가서 맛있는 거 함께 들어요. 올 때 수제버거와 따뜻한 커피 한잔 부탁해. 사람 속을 들여다보고 나면 영 입맛이 없어. 원장은 원내에서 부인을 이 간호사라고 호칭했다. 원장부인은 정 간호사의 팔짱을 끼고 병원 문을 나섰다. 원내에서 남편을 칭할 때 원장부인은 우리 원장님이라고 말했다. 우리 원장님이라고 원장부인이 원장을 호칭할 때에는 입꼬리에서부터 흘러나오는 말들에 자부심이 가득했고, 의사인 남편의 자격증이 가져다주는 넉넉함에 흡족해했다. 더러 병원에 비치해야 되는 용품을 구입할 때에도 손수 해외식품 코너에서 구입한 제품만을 비치했다. 2주에 걸쳐 한번 저녁식사를 할 때에도 일식집이나 한우 갈비집으로 이끌고 가서 애교 있고 다정하게 앞 접시에 음식을 옮겨와 동석한 사람들 앞에 놓아주었다.

- 병원일은 막노동보다 힘든 거예요. 많이 드세요. 우리 원장님, 정 간호사님.

원장부인의 말은 교양과 닭살의 경계에서 절묘하게 균형을 맞추었다.

　그날도 원장부인은 정 간호사와 점심을 먹으러 먼저 나왔다. 순두부 백반에 조기구이를 먹고 있었다. 원장부인이 순두부를 한 숟갈 뜨더니 갑자기 역하다며 손사래를 쳤다. 정 간호사는 여기 순두부가 손수 만든 것이라 소문난 집이라고 말하고는 한 숟갈 더 떠보라고 권했다. 원장부인 눈동자에 어떤 낌새가 반짝이더니 휴대폰 액정에 달력을 쳐다보며 손가락셈을 했다.

　─ 혹시……, 이 간호사님.

　─ 그러게요. 한 달이 한참 넘었네요. 내 정신 좀 봐. 이러고 있을 때가 아니야. 정 간호사님, 저 먼저 가 볼게요. 산부인과에 다녀와야겠어요. 한 블록 뒤에 우리 원장님 동창이 운영하는 산부인과가 있어요. 여자 선생님이거든요. 임신 테스트기보다는 그쪽이 빠르겠죠. 계산하고 갈 테니 드시고 먼저 병원에 가세요.

　원장부인이 정 간호사와 손바닥을 부딪치고는 일어섰다. 원장부부는 결혼한 지 육 년째라고 했다. 서른을 훌쩍 넘기도록 아기가 들어서지 않아서 원장부인은 고심이 심했다. 정 간호사가 아이를 맡겨둘 곳이 없어서 가끔 병원으로 데리고 올 적에도 살갑게 인사말을 건네고 아들, 왔어? 하면서 독일제 엠오이칼 캔디를 아이의 입안에 넣어주었다. 아이가 대기실에서 소란을 피워도 싫어하는 기색이 없었고 오히려 당황해서 아이에게 차분히 있으라고 나무라는 정 간호사를 말리며 웃음 지었다. 원장부인의 설렘이 얼굴에 홍조로 나타났다. 유월 햇살을 머금은 복숭아같이 윤기 나는 얼굴이었다.

– 같이 가 드려요?

– 아니요. 저 혼자 가는 게 좋을 것 같아요. 원장선생님한테
는 아직 말하지 마세요. 혹시라도 임신이 아니면 우리 원장님
실망이 얼마나 클까. 아, 참 그리고 버거랑 커피는 제가 사가지
고 갈게요. 오늘 아들 병원에 와요? 아들 주게 버거 하나 더 사
야겠다.

원장부인이 윙크하며 자리에서 일어나서 나갔다. 점심시간에
여자 혼자서 순두부를 떠먹는 일이 난감하고 어색해서 정 간호
사는 먹기를 그만두고 일어났다. 대로변에 은행잎이 잎을 떨궈
서 햇살이 스민 도심의 거리는 현기증 나도록 노랗게 물들어 있
었다.

출입문은 잠겨 있었다. 정 간호사는 주머니에서 열쇠를 꺼내
어 병원으로 들어섰다. 원내는 조용했다. 정밀검사를 받으러
온 여자의 진료시간이 거의 끝났을 시간이었다. 정 간호사는 간
호사실에서 간호사복으로 갈아입고 진료실로 향했다. 진료실
창에 커튼이 드리워져 안쪽을 들여다볼 수 없었다. 벽에 걸린
시간을 보니 한 시였다. 점심시간은 아직 삼십 분이나 더 남아
있었다. 정 간호사는 노크하고 진료실 문을 열었다.

여자의 하반신에 걸쳐둔 녹색천이 보이지 않았다. 여자의 윗

옷이 풀어헤쳐 져 있었고 브래지어가 벗겨져 있었다. 여자의 가슴과 배꼽과 음모가 정 간호사의 눈에 들어왔다. 시술용 고무장갑을 낀 손이 여자의 허벅지 사이를 파고 들어가 있었다. 원장의 오른손에 들린 카메라 렌즈에서 플래시가 터졌다. 여자는 전라의 몸으로 마네킹처럼 누워 있었다.

　– 미쳤어!

정 간호사는 까무러치며 소리쳤다.

　원장부인이 병원으로 돌아온 시간은 오후 세 시가 지나서였다. 문을 들어서자마자 원장부인은 정 간호사를 보고 환하게 웃었다. 원장부인은 손가락으로 동그라미를 그리면서 달뜬 표정으로 원장실로 서둘러 들어갔다. 원장부인은 임신한 것이 분명했다. 사표를 쓰긴 했는데, 사표만 쓰고 모르는 척 떠나야 되는 것인지 원장부인에게 말을 해야 되는 것인지 정 간호사는 도무지 갈피를 잡을 수 없었다. 그렇게도 갈망하던 새 생명을 잉태한 여자에게 세상은 이리 가혹해도 되는 걸까? 지금은 아니다. 알려서는 안 된다. 나만 떠나면 아무 일 없는 거야. 나만 떠나면, 정말로 아무 일 없게 되는 건가? 그럼 저 멀쩡하게 미친 인간은? 정 간호사는 고개를 거푸 내저었다.

　– 정 간호사님!

원장부인이 환한 웃음으로 다가왔다.

　– 임신이래요. 4주!

이 세상에 최상의 행복감이 다가오는 순간을 단 하나만 꼽으라면 그것은 여자가 자신의 몸으로 자기의 아기를 잉태했다는 것을 아는 순간일 것이다. 원장부인은 감격, 기대, 흥분이 가장 원초적으로 어우러진 말투였고 마치 천상의 세계에 이제 막 도착한 사람의 황홀경 어린 표정을 지어내고 있었다. 그래, 나만 입막음하고 그만두면 되는 거야. 정 간호사는 속으로 다짐했다.

　- 아, 네. 축하해요. 이 간호사님!

　정 간호사는 진심으로 축하해 주고 싶었다.

　- 우리 원장님도 많이 놀라셨나 봐. 표정이 굳어있어요. 하긴, 그렇게 바라고 바랐던 꿈같은 일이 눈앞에 펼쳐지니 그럴 수밖에. 정 간호사님 나 오늘 좀 일찍 들어가 볼게요. 준비할 것도 좀 있고.

　- 아, 네, 그러세요. 이 간호사님. 아, 그리고 제가 드릴 말이 있는데, 그러니까.

　- 네, 말씀하세요. 너무 내 이야기만 했나 봐.

　- 제가……. 아니, 지금부터는 몸조리 잘하셔야 해요. 임신 초기에는 각별히 조심하셔야 하거든요.

　- 아, 난 또. 걱정해 주셔서 너무 고마워요. 우리 원장님이 있잖아요. 저이가 얼마나 아기를 원했는지 모르죠?

　병원에서 저이라는 표현을 원장부인은 한 번도 했던 적이 없었다. 정 간호사는 억지웃음을 만들어냈다. 얼굴이 찰흙처럼 굳어있어서 입 주변을 올리고 웃음 지을 때 안면이 구겨지는 소리가 들리는 듯했다.

— 후임 간호사를 구하세요. 이 간호사님을 생각해서 후임을 구할 때까지는 근무하겠어요.

원장의 눈을 바라볼 엄두가 나지 않아 정 간호사는 비스듬히 서서 말했다.

— 정 간호사님. 믿기 힘드시겠지만. 제 취미가 사진입니다. 요즘은 누드 사진에 심취해 있습니다. 아시다시피, 제가 시간을 따로 내어 촬영을 할 수가 없어서 여성 환자들을 대상으로 몇 커트 찍었습니다. 이해하시긴 힘들겠지만, 사실이 그렇습니다. 놀라셨다면 미안합니다. 본의 아니게 이런 모습 보여서. 앞으로 이런 일은 없을 겁니다. 그러니.

— 전 원장님 취미 같은 것에 관심 없습니다. 사실은, 지금 이 자리에 서 있는 것도 구역질 나고 언짢습니다. 더 길게 말하기도 힘이 드네요. 빠른 시일 내 사람을 구해주세요.

정 간호사는 문을 밀치고 나왔다. 정 간호사는 손을 씻고 싶었다. 진료를 기다리는 내원 환자는 없었다. 그래, 나만 그만두면 아무 일 없는 것이다. 아무 일 없어야 한다. 정 간호사는 비누를 문질러 손을 빡빡 씻었다. 화장실 문이 열리고 원장이 들어섰다. 들어오면서부터 원장은 바지를 내리고 있었다. 세면대 거울에 정 간호사의 상체가 밀려들어 갔다. 원장의 손이 셔츠 안쪽에서 브래지어를 뜯어냈다. 셔츠 오른쪽 가슴팍께 초록색으로 숲이 그려진 병원 로고가 구겨졌다. 셔츠 단추가 터져 세면대 위를 빙그르르 돌면서 바닥으로 떨어졌다. 정 간호사의 가슴골을 타고 수돗물이 흘렀다. 치마를 들어 올린 원장은 정 간호사의 음부를 더듬었고 곧이어 성기가 미끄러지면서 정 간호사의 몸 안으로 들어왔다. 정 간호사의 상체가 점점 더 세면대 쪽으로 육박해 들어갔다.

　ー 이런 미친 새끼!

　팀장이 현영을 불러서 말했다.
　ー 우리 일이 원래 민원의 요구를 들어주는 일이지요. 민원의 요구라는 것들은 대체로 평범하고 단편적입니다. 그러기를 우리는 바라지요. 그러나 민원이라는 것이 그렇게 수월하거나 평이하다면 본사에서 고객센터를 별도로 운영하고 인력을 배치해서 예산을 투자할 이유가 없습니다. 고객센터 직원은 때론 투정 같은 억지스런 민원에도 친절하게 대처하고 고객의 가려운 곳을 미리 처방해내야 하는 의무도 있습니다. 아까처럼 민원인이 줄거리를 모두 쳐내버리고 끄트머리로 직행해 버리는 경우에도 우리는 고객의 말 속에서 줄기를 더듬고 헤아릴 필요가 있는 것이지요. 파트장을 통해서 이야기 들었습니다. 그 고객의 민원은 파트장이 해결하기로 했어요.
　현영은 팀장의 말들이 짚어내는 골자를 알고 있었다. 어떤 민원이든 현명하고, 노련하게 대처하는 프로다운 모습을 보이라는 질타를 버무린 격려의 말이었다. 팀장은 매너를 전면에 배치하고 있어서 가림막 뒤편에서 목소리만을 뽑아내는 것 같았다. 팀장의 말은 사납지 않았고 일의 중심을 벗어나지 않았다. 말들의 무게감을 살려가면서도 팀원의 상한 감정을 어루만지는 세련된 언술이었다.

 – 많이 속상하셨지요? 기운 내요. 나도 그런 일 많았어요. 시간이 지나면 다 화해가 됩디다. 점심 드시고, 그러고 나면 또 괜찮아질 겁니다.

 – 팀장이 뭐라 하던?
 옆자리에 앉은 동료 언니가 어깨가 처져서 들어온 현영을 끌어당겨 의자에 앉히며 물었다.
 – 기운 내라고.
 – 기운이 나야 기운을 내지. 팀장이든 파트장이든 하여튼 말하는 꼬락서니 하고는. 자기들이 응대해보라지. 또라이들이 내질러대는 욕설을 듣고 픽도 기운이 나는지. 하긴 내가 팀장이라도 기운 내라는 말 말고 더 할 말은 없긴 하다.
 현영은 힘없이 웃었다.
 – 어, 너 웃었어? 웃어. 그래 웃어야지. 운다고 달라질 게 있겠니?
 웃어야 한다. 언젠가부터 칭찬과 웃음이 세상을 지배하기 시

작했다. 칭찬은 고래도 춤추게 한다는 책이 스테디셀러인 세상
이다. 호빙효과나 로젠탈효과로 대표되는 칭찬의 효과는 칭찬
을 하면 의욕과 자신감이 배가되어 강한 동기부여의 기제가 된
다고 한다. 웃으면 복이 온다고 우리나라에서도 웃음을 권장해
서 명랑한 사회 분위기를 만들자는 기치 아래 웃음전도사를 자
처하는 사람들이 도처에서 특강을 하고 있다. 그들은 하나같이
행복의 의미를 다룰 때 행복해서 웃는 것이 아니라 웃으면 행복
해지게 된다고 말했다. 앞뒤 배치만을 달리한 그 말들을 현영은
그 말이 그 말 아닐지를 생각했는데 그 말에 교육생들은 아! 하
고 깊은 공감의 탄식을 내뱉었다. CS강의를 할 때, 교육 강사도
웃음연습을 시켰고 서로에게 칭찬을 하자며 교육생을 2열 횡대
로 마주 보며 서게 하고 서로를 5분 동안 칭찬하라고 했다. 현
영의 파트너가 피부가 너무 고와요, 했고 현영도 파트너에게 인
상이 참 좋아요, 했다. 서로 낯간지러워서 입을 가리고 웃었던
기억이 났다. 그래, 웃어야겠지.

　─ 내일 우리 조 비번인데, 자기는 특별한 계획 있어? 우리 내
일 맛있는 거 먹을까?

　옆자리 언니가 배시시 웃으며 말했다.

　─ 그럼 점심 같이 먹을까요?

　현영도 배시시 웃으며 대답했다.

　수제 햄버거와 커피를 사러 가기 위해 정인이 문을 밀고 나가

려는데, 미세한 여자의 음성이 들렸다. 정인은 진료실 쪽으로 고개를 돌렸다. 가늘게 기어들어가는 신음소리였다. 정인은 원장실 쪽으로 걸어갔다. 간헐적인 소리가 가까워졌다. 원장실에서 진료실을 통하는 문고리를 돌렸다. 커튼으로 창을 가린 진료실은 외부에서 들어오는 빛이 차단되어 어스름했다. 신음소리가 보다 뚜렷하게 들렸다. 정인은 소리를 죽여 진료실 안을 들여다보았다. 내시경검사 중인 여자의 하반신을 덮은 녹색천이 눈에 들어왔다. 여자는 프로포폴을 맞고 가수면 상태에 있었는데, 마치 죽은 사람처럼 처음 누웠던 자세 그대로였다. 내시경 기계의 호스는 세정 소독기에 걸쳐져 있었다. 진료의자에 원장의 가운이 걸쳐져 있었다. 여자가 누워있는 진료 침상 너머 파티션 아래로 근육에 힘살이 잔뜩 몰린 종아리가 움직이고 있었다. 자주색 린넨 스커트가 흘러내려 있었다. 남자와 여자의 흐느끼는 신음이 빠르고 미세한 간격으로 교차했다. 남자가 뒤꿈치를 세차게 들어 올렸고 여자의 교성이 터졌다. 파티션을 사이에 두고 프로포폴에 잠든 여자는 미동이 없었다. 진료실 벽에 박힌 시침과 분침이 포개져 있었다. 한 시 오 분이었다.

한강을 건너온 지하철이 다시 어둠 속으로 진입했다. 점심시간이라서 전철에는 사람이 붐볐다. 점심을 먹고 일터로 돌아가는 사람들과 점심을 먹기 위해 일터에서 나오는 사람들이 전철 속에서 몸을 부비고 있었다. 먼저 먹은 사람들은 포만감에 지쳐 보였고 아직 먹지 않은 사람들은 배고픔에 지쳐 보였다. 너덧 명의 남자들이 현영의 앞에 서 있었다. 현영은 치마 위에 핸드백을 얹어두고 두 다리를 가지런히 모아 앉았다. 현영의 앞에 선 남자들은 점심으로 청국장을 먹었는지 몸을 움직일 때 캐시미어 양복에 베어든 청국장 냄새가 났다. 일반적으로 점심시간은 한 시간 정도일 텐데 저 남자들은 그 한 시간을 틈타 전철을 타고 소문난 어느 맛집에 가서 청국장을 허겁지겁 먹고 다시 전철을 타고 일터로 돌아가는 중일 것이다. 점심은 먹기 전과 먹은 후에 돌아가는 자리가 정해져 있었다. 점심을 한자로 풀면 '마음에 점을 찍는다.' 라고 어디서 들은 적이 있는데 하루 일의 중간에 쉼표 하나를 찍어서 허기를 잡고 수다를 채워 넣는 일은 아이들의 방학처럼 축복되어 보였다. 저 남자들이 점심이라는 하루의 방학에서 먹은 청국장과 세상 모든 사람들이 먹거나 먹고 있을 점심은 오늘이라는 결코 뛰어내릴 수 없는 절벽에서 움켜잡은 동아줄일 것이다. 그 줄을 안간힘으로 부여잡고 있는 동안에 절벽에 꽃이 피고 열매가 매달리는 소리를 가만히 듣고 있을 것이다. 이미 죽은 것들이 죽여 달라는 소리와 아직 산 것들이 살려달라는 소리를 마음의 낙엽 속에 숨겨두고서 아침마다 주머니에 꽂아오는 사직서는 절벽에 내어주고 동아줄을 붙들고 올라왔을 것이다. 본능의 냄새에 이끌려 대양을 돌아 마침내 원점 회귀하는 연어들처럼 점심시간이 지나기 전에 전철을 타고 결국 그들은 공회전한 손을 주머니에 넣고서 돌아가고 있는 중일 것이다. 현영은 점심을 먹는 일이든 나이를 먹는 일이든 모든 먹는다는 것은 가야될 곳으로 돌아가기 위한 것이 아닌지를 생각해 보았다. 청국장을 밥에 비벼먹은 사내들이 전철 손잡이를 꼭 붙잡고 있었다. 현영은 점심이 먹고 싶었다.

바다는, 스캔들

*

　남태평양 해상에서 태풍이 발생했다. 올해 들어 일곱 번째 발생한 태풍으로 '탄-방'이라는 이름이 붙었다. 태풍은 반경을 넓히면서 북서진했다. 태풍은 팽이처럼 구르며 기압이 충돌하는 골짜기를 타고 왔는데 기압의 능선이 가파른 중국 해안을 타넘지 못하고 대륙과 대양의 경계에서 방향을 선회했다. 전남과 경남에 발령된 태풍주의보는 태풍경보로 격상되었다. 기상청은 태풍의 경로파악에 매달렸고 언론은 기상청이 예측한 태풍 상륙 예정지역으로 앞다투어 취재진을 급파했다. 취재기자는 바람을 잘 받는 곳에서 카메라를 응시하며 세차게 나부끼는 옷자락을 부여잡고 목소리의 톤을 높였다. 뉴스앵커는 태풍 내습 시 국민 행동 요강을 다급하게 열거했고 TV 화면에서는 예전의 강력했던 태풍의 영상을 불러내어 다가오는 태풍의 위력을 예고했다. 영상에서, 찢겨진 비닐하우스가 물속에 잠겼고 지반이 내려앉은 도로에 낙석이 뒹굴었다. 건물 간판이 무너져 주차한 차량의 뒤 창문에 꽂혔고 지나가는 행인의 우산이 부는 바람에 속살을 뒤집어 내었다. 테트라포드에 찢겨 등대로 들이치는 파도의 맹렬함에서 사멸되었던 태풍이 고스란히 살아서 움직였다. 일어난 일들이 흔적 없이 사라지기는 이제 글러 먹은 세상이다. 과거는 더 이상 풍문으로 회고되지 않았고 지난 흔적은 표정과 냄새까지 포획되어 오롯이 살아있었다. '탄-방'은 대양의 먼 곳에서부터 지나간 태풍의 영상을 앞세우며 서서히 다가오고 있었다.

가랑이 사이로 가려움이 일어나서 몸의 중심으로 슬며시 몰려왔다. 나는 몸의 아래가 뜨거워지는 것을 느꼈다. 요의와 비슷한 그러나 마렵지 않은 뜨거움이 몸의 안쪽으로 꾸준하게 집중되었다. 성가시고 는적이는 느낌이었지만 어떻게 해볼 수 없는 몸의 내밀한 일이었다. 나팔관을 따라 배란 된 한 개의 생명세포가 짝을 만나지 못하고 호르몬의 위세에 눌려서 사멸한 사태였다. 착상하지 않은 몸은 안쪽의 얇은 내막을 털어내고 다음 착상을 위한 터를 예비하는 것인데 떨어져 나온 내막들이 핏덩이로 뭉쳐 몸의 바깥으로 밀려나 오는 것이 월경이었다. 한 인간의 탄생이라는 일의 터 가꾸기인데, 그러니까 월경은 그 터 가꾸기에서 발아되지 못해서 배출되는 잔해물질이었다.

- 축복된 몸의 신호다.
가임 가능한 여성의 몸이라는 것을 알려주는 은혜로운 신호라고 생물선생은 흑판에 그려진 나팔관을 분필로 찍으며 말했다. 여성의 몸에서 임신이 가능한 신호라는 말을 나는 이해할 수 있었는데 '축복된'이라는 말이 한정하는 것이 몸인지 신호인지,

몸과 신호 둘 다를 말하는 것인지는 해석이 어려웠다. 생물선생이 수식하여 한정한 말이 설령 몸이든 신호든지 간에 그것이 축복인지는 알 수 없는 것이었고 여성의 몸에 들러붙은 난착상의 잔해물이 축복될 것 같아 보이지도 않았다. 생물선생은 이마에서 정수리 쪽으로 머리카락이 자라지 않아서 형광등 불빛이 거기에서 번쩍거렸다. '축복된'이라는 말은 생물선생의 머리에도 해당되는 것일까를 나는 생각했었는데 흑판에 그려진 여성의 생리기관이 생물선생의 빈 머리 모양과 대뜸 닮아있었다.

처음 생리를 하던 날, 나는 허둥대지 않았다. 가랑이 사이를 비집고 나오는 혈류를 담담하게 받으며 조용히 손을 들고 교실을 나왔다. 화장실 문을 걸어 잠그고 교복 치마를 올리고 팬티를 내렸다. 팬티를 내릴 때, 피의 비린내가 설핏하게 번져서 코끝이 가려웠다. 화장지를 말아서 팬티에 묻은 혈흔을 닦아내고 양호실로 갔다. 양호 선생이 생리대를 건네주었고 침대에 비스듬히 누워서 잠이 들었다. 그날 친구들과 떡볶이를 먹었고 편의점에서 박하사탕을 사서 버스를 타고 선 채로 집으로 왔다. 반지하 방 현관문을 들어섰을 때, 근원도 없는 눈물이 떨어져 하얀 블라우스 위로 번져갔다.

원장실 문은 열려 있었다. 열린 문의 안쪽에서 원장은 의자를 한껏 뒤로 젖혀 몸을 누이고 있었다. 젖혀진 의자 위로 원장은 두 손을 모아 불룩한 배 위에 얹어두었고 미간을 찡그린 채 눈을 감고 있었다. 나는 노크를 하고 문을 안쪽으로 밀었다. 원장은 노크 소리에 휘청거리며 자세를 바로잡았다.

– 어서 와요. 서 선생.

원장은 입을 다문 채 하품 묻은 소리로 말했다.

– 원장님, 오후 수업시간을 조정했으면 하는데요.

원장은 마른세수를 했다.

– 조정이라면, 어떻게?

– 급하게 다녀올 곳이 생겼어요. 오후반과 야간 타임이 두 개인데, 비워야 될 것 같아서…….

원장은 책상 위에 펼쳐진 종이 위로 둥근 원을 몇 차례 그릴 뿐 말이 없었다.

– 주말에 보충하겠습니다.

나는 아랫배가 당겨오는 것을 느꼈다. 생리 패드 위로 요의가 잡혔다. 원장은 강의실을 비추고 있는 CCTV 스크린을 잠시 바라보다가 마이크를 들어 106호 강의실에 목소리를 들이밀었다.

– 야! 뒷줄 세 번째 놈 머리 숙이고 뭐하냐?

각 강의실을 비추는 화면이 원장실 한쪽 벽면에 설치되어 있었고 원장은 강의실 기강이 못마땅하면 매번 기습적으로 육성을 들이밀어 교정하는 일을 책임지고 있었다.

– 네 녀석이 자면 네 옆에 놈이 자고, 네 옆에 놈이 자면 앞뒤로 다 자고 여기가 니들 자빠져 자라고 들어온 여관방이냐?

원장은 연쇄추돌을 예방하는 발언으로 강의실에 번질 수도 있는 졸음에 백신을 놓았다.

– 강 선생 수업 끝나고, 저 녀석 이름 적어서 제출하시오.

원장은 수업 중인 강 선생에게 일러두고 마이크를 내려놓았다. 마이크에서 둔탁한 소리가 났다.

– 지금이 어느 땐데 녀석들이. 저 녀석이 국보야, 국보! 국가 보조를 받는 놈이 학원물을 흐려서야 원. 그건 그렇고, 조퇴라는 말이죠? 그러니까. 뭐, 그럽시다. 밤부터 바람이 더 세고 비도 많다고 하니 아이들에게 결강한다고 하지요. 태풍이니 학부형도 별 항의는 없겠지요. 그래, 그렇게 합시다. 주말에 시간을 따로 잡아보도록 하죠.

'지금이 어느 땐데'

지금이 어느 땐데 한가하게 휴가를 내다니 하는 훈시임을 나는 직감했다. 목례를 하고 원장실 문을 닫았다. 아래로 생리혈이 고여서 걸음걸이가 질척거렸다. 복도에 설치된 카메라가 질척거리는 나를 내려다보고 있었다.

인석 선배가 모친상을 당했다는 연락을 받은 것은 내가 막 논술수업에 들어가기 직전이었다. 휴대폰 문자메시지로 인석 선배는 오후의 잠수를 부탁했다. 인석 선배는 내 처음 잠수를 이끌어 준 그러니까, 바닷속 길라잡이였다. 대학 때, 강화도 바다에서 인석 선배는 나를 물속으로 끌어서 바다의 속살을 펼쳐주었다.

　－ 바다는 스캔들 같아. 소문만 무성할 뿐이지.

　인석 선배는 잠수를 앞두고 이런 말들을 했었는데,

　－ 오징어를 먹기 전에 오징어의 바다를 뒤돌아보라. 오징어가
죽든 살든 무심한 바다 출렁이는 거대하고 푸른 물북인 바다를.

　가끔은 이런 시를 던져두고 바닷속으로 갔다. 그의 말은 대체
로 어려워서 나는 그런 말들에 토를 달아서 대꾸하지 못했다.
내가 들여다본 바다의 안쪽은 고요해서 아늑했다. 물풀이나 물
고기들은 묵념처럼 침묵했고 서로를 확인해서 고정시키지 않았
다. 바닷속에서 살아가는 것들은 다만 흐름에 실려서 다녔고 그
흐름의 포근함에 깃들어 아무런 윤곽을 그어두지 않았다. 사람
이 바닷속을 가면 그제야 흔적이 일었고 그 흔적이 윤곽을 거느
리고 다녀서 놀란 물고기들이 비늘을 번쩍거렸다. 물속에서 인
석 선배는 물의 결을 헤치지 않았고 인기척이 없어서 원래가 물
속의 동물인 것만 같았다. 나는 인석 선배의 등에 업힌 듯이 바
닷속을 유영했다. 진녹색 미역이 허벅지에 감겼다 풀어졌고 연
분홍 말미잘이 촉수를 내어서 주변을 유혹했다. 날개 달린 가오
리는 먼 시조새가 허공을 가르듯 나풀거리며 물의 결을 타고 다
녔다. 진화론 어디 귀퉁이에서 새의 시조는 공중이 아니라 물속
이었다는 말이 떠올랐다.

　－ 까나리아?

　－ 응. 새가 아니라 바다, 거기 섬들.

– 새일 거야. 날지 않는 새. 탄광이 아니라 바다를 지키는 새.

내가 까나리아 제도를 말하면, 인석 선배는 섬들의 이름에 새를 앉혔다. 시커먼 대륙의 끝자락. 지중해에서 밀려오는 시커먼 혈류에 젖어서 날아오르지 못하고 굳은 채 바다를 지키는 새. 무성한 풍문을 물고 색깔을 바꾸면서 지속적으로 우는 새. 나는 아버지의 빈 가슴에 들어앉아 켜켜이 쌓이는 갈증을 물고서 울어대는 까나리아를 떠올려 보았다.

대학을 졸업하고 인석 선배는 대형 아쿠아리움에 취직했다.

– 좀 큰 수족관. 영락없이 갇힌 거지.

소문만 무성한 바닷속을 돌아다녀서 거기에서 거둬들인 것으로 세금을 내고 적금을 들 수는 없는 모양이어서 그는 안정되고 한정된 바다를 선택했다. 나는 오후부터 학원 강의를 결강하고 인석 선배가 자리를 비운 수족관에서 정어리를 던져서 펭귄을 먹었다. 아니, 먹였다기보다는 놀렸다고 말하는 게 옳겠다. 수족관에서 펭귄은 놀지 않고 유리벽을 등지고 구석진 인조 바위 뒤에 숨어서 지냈다. 아니, 지냈다기보다는 있었다고 말하는 것이 맞겠다. 안내문에는 남아프리카에서 온 펭귄이라고 적혀 있었는데 날 수 없는 족속이 남아프리카에서 수족관 모퉁이에까지 이른 사연과 행로를 나는 더듬을 수 없었다. 그것은 부지불식간에 일어나는 것이지 거기에 시간이나 공간의 논리성이 끼어들 수는 없을 것만 같았다. 그 부지불식간의 시공에서 아버지는 대서양 바다를 떠다녔고, 나는 첫 생리를 했고, 반지하 방에서 누군가는 태어나고, 누군가는 죽었고, 남태평양에서는 태풍이 발생해서 오고 있는지 모를 일이었다. 논리 안에서 가지런하게 성립되기에는 세상은 반쯤 지하에 묻힌 비극을 엉덩이로 깔아뭉갠 채 꿈적하지 않고 퉁치고 앉아서 체통만을 고수하고 있는 것 같았다.

나는 놀지 않는 펭귄을 아무쪼록 놀려야만 해서 정어리 통을 들고 비린내를 풍겨 펭귄을 모았다. 내가 정어리를 던지면 펭귄이 물속으로 뛰어들어 정어리를 낚아채서 먹었는데 나는 펭귄이 어류인지 조류인지, 어깻죽지께 달린 것을 날개라고 말해야 될지 지느러미라고 말해야 할지 매번 헷갈렸다. 정어리를 던지면서, 나는 펭귄의 비극과 관람객의 희극 사이를 가리고 선 유리벽을 보았고 그 투명한 공간을 건너서 날아갈 수 없는 갇힌 까나리아를 보았다. 아니 본 것도 같았다. 바깥으로 비바람이 치대서 그런지 어린이집 아이들이 종종걸음으로 건물 안 수족관에 밀려와서 막대사탕을 빨고 있었다. 유리벽에 밀착한 아이들은 펭귄과 나를 번갈아서 들여다보았다. 아이들의 눈에 수족관은 곧 바다여서 그 바닷속에 들어앉은 나는, 아이들에게는 우주복을 입은 우주인처럼 특별하고 낯선 사람이었다. 아이들은 유리벽을 주먹손으로 두들겨 물고기 같은 새를 확인하였고, 나의 시선을 붙들려고 눈 코 입을 가운데로 몰아서 유리벽에 눌러댔다. 나는 아이들의 헤죽거리는 웃음과 아이들을 정리하느라 분주한 교사들과 이 모든 광경을 물끄러미 비추고 있는 감시카메라를 수경 너머로 바라보면서 정어리를 여기저기 던져주었다.

지하철역사로 빗물이 들이쳤다. 도시철도 직원들이 계단의 일부를 차단했고 열차 배차 간격을 알리는 전광판에는 현 서울시 강우량이 실시간으로 찍혔다. 한강의 수위와 잠수교 통행금지를 알리는 글귀가 붉은색 글씨로 지나갔다. 서초구에서부터 노원구에 이르기까지 강우량은 정확하게 수치화되어 서울시민에게 각별한 경고표시를 전달했다. 지하철 연착정보가 두 줄로 붉게 점등되어 스크린을 지나갔다. 시청역을 포함한 지하철 환승역의 열차 배차 간격을 수시로 알렸고 인천행 노선의 정전사고를 화면에 담았다. 지하철역사로 들이치는 빗물의 기습에 놀란 사람들이 뒤집힌 우산을 부딪치며 진입했다. 사람들은 접은 우산을 계단난간에 두들겨 물기를 털어냈고 젖은 머리를 털면서 바쁘고 거친 숨소리를 내뱉었다. 계단을 내려오는 사람들을 따라 플라타너스 잎이 바람 꼬리에 실려 와 바닥에 찰싹 달라붙었다. 날아오르다 추락한 가오리처럼 큰 잎이 바닥에서 철퍼덕거렸다. 좌표를 잃은 비바람에 지상은 더 이상 안전한 곳이 아니어서 사람들은 일제히 지하로 쏟아졌다.

선릉역에서 분당선으로 환승했다. 늦은 시간이어서 전철은 비교적 한산했다. 저마다 손에 든 우산에서 물이 떨어져 내려 전철 바닥에 고였는데 전철이 선로의 이음새를 지날 때마다 고인 물들이 덜컹거리며 흔들렸다. 흔들리는 물기에서 물비린내가 올라왔다. 나는 가방을 열어서 박하사탕을 꺼내 입안에 넣었다. 진한 박하향이 혀 안으로 녹아들었다.

   － 연희야, 이거 먹어라. 녹여서 오래 먹어라
   처음 생리를 하던 날, 생리대를 건네어준 양호선생이 대살로 엮은 바구니에서 사탕을 집어서 내밀었다. 레몬맛, 딸기맛, 박하사탕이었다. 나는 양호실 침대에 누워서 박하사탕을 녹이면서 잠들었는데 잠결에서 아버지의 바다를 본 것 같기도 하였다.

   봄싹 같은 향이 입안에서 오래 맴돌았다. 습기가 창가에 버티고 서서 전철 안 풍경이 적막했다. 적막한 풍경 속에서 안경이 콧등을 흘러내린 중년의 어깨가 비스듬 기울어졌고, 이어폰을 귀에 꽂은 여학생이 휴대폰을 만지작거렸다. 전철 상단에 매달린 영상화면으로 수신되는 뉴스특보에서 태풍의 한반도 진입 예상 시간을 표시한 자막이 흘렀다. 재난상황실 출입기자가 한반도로 진입했던 태풍을 피해규모의 크기순으로 순차적으로 나열했고, 피해 정도를 금액으로 제시했다. '탄－방'은 중심기압과 범위로는 초대형 태풍이어서 피해 규모도 역대급에 이를 수 있으므로 각별하고 세심한 주의를 필요로 한다고 목소리에 힘을 가득 얹었다. 재난 상황실 직원은 태풍이 소멸하는 순간까지 비상근무체제를 유지할 예정이라는 말을 덧붙이고 있었다. 전철 안내방송에서 다음 목적지가 우리말과 몇 개의 외국어로 흘렀다. 생리혈이 밀려나 오는지 물비린내가 멀어졌다.

나는 태평역에서 하차했다. 전철은 사나운 바람 소리를 끌고 태평역사를 일별했다. 3번 출구로 향하는 길 위로 모로 돌아누운 사람들이 기침을 해대며 잠자리를 살피고 있었다. 바닥에 깔린 새우깡 박스 위로 너저분한 모포가 깔려있었고 수염 짙은 남자들이 누런 러닝셔츠 바람으로 빈 깡통을 안고 벽에 기대어 있었다. 나는 발걸음을 빨리했다. 힐 굽이 바닥에 닿는 소리가 크고 또렷해서 역사 내에서 또각, 또각, 울려 퍼졌다. 출구에서 불어오는 센 바람이 몸을 휘감았고 물기 머금은 바람이 머리카락을 길게 끌고 지났다. 바람에 말린 내 몸은 젊어서 가슴골이 깊었고 허벅지와 허리의 윤곽이 노골적으로 드러났다. 나는 부는 바람을 감당할 수 없었다. 노골적인 실루엣은 노숙하는 남자 서넛의 불량한 시선을 들어 올렸다. 나는 머리를 숙이고 어깨를 움츠려 더욱 걸음을 재촉했다.

77번 마을버스는 태평동을 훑고 다녔다. 경사진 언덕에 밭이랑처럼 뚫린 격자무늬 도로를 따라 노란 마을버스는 어린이집 차량처럼 경광등을 달고 다녔는데 경사면이 가파른 도로를 오를 때에 잠수함이 물 위로 떠오르듯 느리게 모습을 드러내었다. 미끄럼 방지를 위해 가로로 마찰면을 그어놓은 도로를 내려갈 때 마을버스 바퀴는 마찰을 이기지 못해 자주 바퀴가 말썽을 부렸다. 77번 마을버스는 스페어타이어를 버스 후면에 달고서 다녔다.

한강의 굽이치는 파행을 막고 서울시민의 주거지를 확보하기 위해서 강안 둔치를 따라 시멘트로 물막이공사가 한 창이었을 때, 서울시는 주거환경의 획기적 개선과 도로확충을 이유로 청계천 가에 거주하던 판자촌 사람들을 몰아서 남한산성 이남으로 집단 이주시키는 정책을 확정했다. 도시 부랑자와 무허가 판자촌의 집단 거주민들은 남한산성을 넘어 검단산 남쪽 비탈에 몰려들었다. 산자락의 가파른 능선을 따라 가옥들이 들어섰고 사람들은 정부와 성남시에서 발행하는 딱지를 받아 규격에 맞는 건축지를 배분받았다. 산비탈을 따라 들어선 건물들은 전면과 후면의 높이가 달랐다. 건물 전면과 후면의 높이 차이는 반지하라는 이름으로 길바닥 높이에 창문을 뚫은 모양새로 생경한 공간을 만들어 내었다. 이전한 주민들은 반지하 공간에 가내 수공업형의 방직가공시설을 들여 생업을 위한 자리를 마련하였고 솜틀 기계와 각종 실타래와 자재를 쌓아두었다. 이주정책의 보상이 시들해졌을 때, 후발 이주민들은 주거지를 배분받지 못하고 반지하 공간에 전·월세 주거공간을 형성해 나갔다. 그럴 즈음 어느 날 아버지는 나를 둘러업고 반지하로 옮겨왔다. 반지하 공간에는 신혼부부가 새 터전을 잡았고 첫아이를 출산했다. 아이는 캄캄한 곳에서 새처럼 울었다. 어느 날에는 아이 대신에 젊은 여자가 울기도 했다. 노년의 독신자가 피워내는 담배 연기가 골목길로 뚫린 창문에서 피어올라 지나는 사람들의 발치에서 흩어졌다. 동네 개가 다리를 들고 오줌을 내질렀고 밤이면 창문 가에 길고양이가 몸을 웅크리고 털을 세워 모진 울음을 울었다. 동네의 명칭을 만들 때 자문위원들은 근심 · 걱정 없는 태평한 마을을 만들자는 취지에서 '태평동'이라고 칭했다.

거리는 비어있었다. 앞을 분간하기 힘든 칠흑 속에서 비바람은 풀어놓은 짐승처럼 밤하늘을 내달리며 울어댔다. 바람이 사나워서 나는 우산을 반쯤만 펼치고 내리는 비를 막았다. 블라우스가 비에 젖어 몸에 바짝 들러붙었다. 가로수 잎사귀에 비바람이 요동치는 소리가 귓전을 다그쳤다. 77번 마을버스가 경광등을 깜빡이며 정거장에 섰다. 와이퍼가 달려드는 비를 훑어내어 삐거덕대는 소리를 들으며 교통카드를 단말기에 찍었다. 나는 운전석 뒷좌석에 앉아서 달라붙은 블라우스를 몸에서 떼어냈다. 운전기사가 백미러로 내 쪽을 쳐다보고 있었다. 나는 핸드백을 감싸 안고 시선을 차창 너머로 옮겼다. 비를 맞는 세상과 비를 맞지 않는 세상이 창 하나를 사이에 두고 한 어둠 속에 공존하고 있었다. 따지고 보면 세상은 그렇게 어연번듯한 틈 사이

를 거느리고 있었다. 나와 너, 좌와 우, 흑과 백, 그리고 여기
와 저기가 모두 그랬다. 라디오에서 팔당댐이 밀려드는 물을 버
틸 수 없어 수문을 일제히 열기 시작했다는 소식을 전했다.

– 팔당댐 방류를 더는 늦출 수 없습니다. 두세 시간이면 만수
위입니다. 그때까지 기다리면 서울시는 물바다가 되는 것이지
요. 물은 내보내면 어떻게든 흘러서 가는 것입니다.
  수자원공사 측 인터뷰이는 물의 관성을 들먹였다.
– 높은 쪽에서 한꺼번에 물을 보내면 아래는 감당이 안 됩니
다. 더구나 바다가 한사리라서 강화 방면에서 물이 불어나고 있
는데 위에서 일시에 풀어버리면 그 물이 다 어디로 가겠습니까.
여의도에서 물과 물이 맞닥뜨리면 일이 커지게 됩니다.
  서울시 한강사업본부는 팔당댐 저수량에 여유가 있으므로 일
제 개방은 용인할 수 없으며 서울시민의 안위를 무시한 수자원
공사의 무책임한 행태를 성토했다. 가둔 물과 흐르는 물을 관리
하는 두 기관의 입장은 극명하게 달랐는데 가둔 물과 흐르는 물
의 말들은 저마다 옳고 바듯해서 어기찼다. 스커트 안쪽에서 두
터운 요의가 잡혔고 생리혈이 생리 패드에 스미었다.

– 동네가 지랄이다, 지랄. 애당초 사람 살 동네가 아니지.
  아버지는 화장실 배수구를 꼬챙이로 파헤치고 있었다. 배수
구 바로 옆에 머리카락 뭉치와 타일 조각과 색 바랜 사탕 껍질

이 지저분하게 흩어져 있었다. TV 화면에서 태풍의 예상 경로를 뉴스앵커는 말하고 있었다. 태풍이 거느리고 오는 비구름의 소식을 접하며 아버지의 꼬챙이는 배수구에 집요하게 집중했다. 싱크대 위로 빈 소주병이 보였고 졸여놓은 두부가 말라서 고춧가루가 닥지닥지 붙어있었다. 나는 고무장갑을 꼈다. 마른 두부를 쓰레기봉투에 담고 소주병을 치웠다. 세제를 풀어 거품을 일구고 그릇을 닦았다. 졸여진 고춧가루가 냄비에 눌어붙어서 냄비를 닦을 때 손목에 힘살이 몰려들었다. 거품 속으로 고춧가루가 에돌았다. 물을 내려 거품을 싱크대 배수구로 보냈다. 배수구멍에서 쿨렁이는 소리가 할딱거렸다.

– 한 이틀은 억수같이 쏟아질 거다. 물이 차오르면 안 될 텐데.

아버지는 냉장고를 열어 소주를 꺼내고는 뚜껑을 돌렸다. 알코올 냄새가 물크러지며 부엌으로 번졌다.

– 또, 드시려구요?

– 잠이 와야지 어디, 먹고 자야겠다.

– 계란 말아 드릴게요.

– 김치나 다오.

– 계란말이랑 드세요.

아버지는 소주잔에 소주를 붓고 등을 벽에 기대었다. 구운 계란에서 양파 냄새가 났다. 아버지는 소주를 마시고 계란에서 양파를 발라내어 먹었다. 나는 모은 다리로 앉아서 양파를 씹는 아버지를 바라보았다.

- 바다는 무서운 곳이다. 사람은 바다를 알 수 없다.

아버지는 양파를 씹으면서 바다와 파도를 말했다. 소주 마시
는 아버지에게서 바다 냄새가 났다. TV 화면에서 큰 파도가 방
파제 끝 테트라포드에 부딪혀 부서지고 깨졌다. 바다로 난 길을
바다는 한사코 지워내고 있었다.

- 바다는 무서운 곳이다.

바다를 말할 때, 아버지가 항상 하는 말이었다.

아버지의 바다는 북대서양 귀퉁이 어디였다고 들었는데 세계
지리 시간에 팜파스 대평원을 배울 때, 세계지도를 보며 나는
북대서양에 눈길을 두고 아버지의 바다를 짐작했다. 아프리카
서북부 귀퉁이에 위치한 라스팔마스 섬을 들여다보며 아버지의
바다가 북대서양 어디라면, 저곳 어디 즈음일 것이라고 막연하
게 생각했다. 왜 그렇게 단정을 하였는지 알 수가 없었지만 어
릴 적 할아버지 기일에 부산에 살고 있는 삼촌댁에 갔을 때 아
버지와 삼촌이 술잔을 기울이며 까나리아 제도라고 말했던 기
억이 희미하게 남아있었다. 백과사전을 펼쳐서 까나리아 제도
의 주도洲島가 라스팔마스이고 외항선 숙항지宿港地로 한국 원양
어업의 선진기지였다는 사실을 알았다. 나는 세계전도를 펼칠
때마다 까나리아 제도를 먼저 살폈는데, 바다의 색채와 섬의 외
곽선을 오래 들여다보았다. 내가 본 세계전도에서 까나리아 제
도는 좁쌀만 한 점들로 박혀있었는데, 지도상에 존재하는 수많

은 섬들 가운데서도 가장 후미진 곳에 위치해서 있는지 없는지도 모르는 절해고도처럼 느껴졌다. 아프리카 대륙의 끝자락에 올망졸망 흩어져 있는 그 좁쌀만 한 곳에서도 해는 뜨고 지는 것인지를 나는 생각했다. 아프리카 대륙의 거대한 그림자에 가려진 그곳에서 아버지는 팔뚝의 젊은 힘으로 밧줄을 당기고 그물을 사렸을 것이다.

　ー 바다는 무서운 곳이다.

　아버지는 말하는 중간 어디에 이 말을 끼워 넣었고, 말을 매듭지을 때도 이 말을 다짐처럼 두었다. 북대서양 어디의 바다는 아버지 청춘의 일대 공간이었는데 삶의 공간이 무서워서 벌벌 떨어야 했던 젊은 아버지를, 급기야 무섭다고 말하는 이제는 늙어버린 아버지를, 나는 다만 아버지의 바다는 그저 멀어서 무서울 것이라고만 짐작했다.

　아버지는 낮부터 이어진 술에 스러져 잠들었다. 아버지의 잠은 순도가 낮아서 물렁해 보였는데 잠결에 문득 놀라서 배냇짓하듯이 손발을 경련했다. 아버지는 새우처럼 굽어져 잠들었다. 나는 이불로 아버지의 몸을 덮어주었는데 예전에 강성하고 헌걸찼던 아버지는 얇은 이불에 바듯하게 맞았다. 아버지의 잠결은 조붓해 보였고 날숨에서 문뱃내가 났다. 골목으로 뚫어놓은 반지하 창문으로 빗줄기가 세차게 부딪혔다. 나는 커튼을 내려 반쪽 창을 가렸다. 커튼 너머에서 자동차 불빛이 비를 밝혀서 커튼에 비들이 낱 알갱이들로 찍혔다. TV에서 1,800만 화소라는 디지털카메라 광고가 끝나고 있었다. 1,800만 개의 점으로 세밀하게 찍어내는 해상도 높은 세상을 나는 쳐다볼 수 없었다. 뷰파인더가 나를 향할 때, 나는 리모컨을 눌러 TV를 껐다. 영상과 소리가 소멸해버린 반듯한 TV 화면에 내 모습이 구부러져 비치었다. 빗소리가 온 집안으로 몰려왔다.

내가 고등학교를 졸업하던 해에 아버지는 귀국했다. 아버지는 라스팔마스에서 마드리드를 거쳐 김포공항으로 입국했다. 아버지의 귀국은 정부의 강제사항이었다. 공항에서 아버지는 증인 신분으로 검찰에 인도되었다. 조양 350호 선사는 선장을 고발했다. 선사가 제출한 고발사유는 선체 일부 멸실, 어획고 전부 소실로 인해 회사에 심각한 사손을 초래했으며, 해외 근무 중 도피한 선원의 신병을 책임지지 못 한 관리·감독태만 내지는 방기 혐의였다. 아버지는 선장의 선상 업무의 정당성 여부와 도피했다는 선원에 대한 이것저것들을 증언했다. 검찰 조사는 하루를 꼬박 지나고서야 끝이 났다. 아버지는 검찰 조사에 충실히 임했다.

— 바다는 무서운 곳입니다.
아버지는 사건조서 끄트머리에 이 말을 덧붙였다.

대한민국 국적 선단이 입항하고 한국인이 모여들기 시작하자

라스팔마스에 한국 총영사관이 개설되었다. 한국 사내들과 그 사내들의 헛헛한 심산을 달래주기 위해 따라온 작부들과 그 사내들을 예의주시하기 위해 들어온 관리자들이 라스팔마스에 집결했고 이들을 관리하는 것을 주된 소임으로 총영사관이 들어섰던 것이다. 원양에서 트롤선이 입항하면 선장은 관리자에게 어획물과 어획량을 보고했고 관리자는 선장이 보고한 내용을 총영사관에 보고했고 총영사관은 마드리드에 주재한 대사관에 보고했다. 바다 밑바닥에서 건져 올린 것들이 통신선상에서 수치화되었고 그것들은 다시 날렵한 달러로 표시되어 부산과 서울로 날아들었다. 부산과 서울에 원양의 성과가 당도할 때, 어획물은 간잔지런한 숫자로 입국했다. 그 숫자들은 단출해서 파도의 사나움과 삼두박근의 경련을 일체 배제하고 세련된 본새만을 간추려서 왔다. 말쑥하게 포장된 숫자들은 수산청 통계에 기록되었고 이내 일본과 북미 대륙으로 헐값에 팔려나갔다. 대서양에서 잡아 올린 가다랑어가 수치로 포장되어 오고 가는 기막힌 탈바꿈의 시간 속에서 강변북로로 자동차가 달리기 시작했고, 한강 변에는 건물이 높이 오르기 시작했다. 국부國富는 차츰 살이 붙어갔고 기세를 몰아 바덴바덴에서 "인 쎄울"했을 때, 새금한 눈물이 온 누리에 흘러내렸다. 대통령이 아프리카 순방길에 라스팔마스에 기착하여 했던 말은 이랬다.

 – 본인은, 우리가 추구해오고 있는 정의복지사회는 여러분과 같이 근면 성실하게 일하는 사람에게 정당한 대가가 돌아가게

하는 것을 목표로 하여 국정운영을 수행할 것을 다짐합니다. 여러분이 이곳까지 온 것은 잘살아보자는 일념에 의한 것이었을 것입니다. 나 혼자만 덕 보겠다는 생각을 버리고 한마음으로 단결하여 다 같이 잘사는 동포사회를 건설해 줄 것을 당부드립니다.

본인이, 한 가지 더 강조하고 싶은 것은 우리가 세계 속의 한국, 세계 속의 한국인으로 뻗어 나가면 나갈수록 우방 또는 우방 국민들과 긴밀한 협조가 그만큼 필요하며 이를 위해서는 우리가 국제사회와 주재국의 제반 규정을 존중해 나가는 것이 전제되어야 합니다. 조국을 떠나있을수록 더욱더 준법정신에 투철해야 하겠다는 생각입니다.

귀 안쪽에서 풀벌레가 풀숲을 기어 다니는 소리가 들렸다. 풀벌레는 내 귓속에서 여기저기를 돌아다니며 사각거렸는데 자발머리없이 울어대다가 사그라지기를 반복하는 소리였다. 그 소리는 높은 산을 오를 때, 설면하게 고막에서 진동하는 소리 같기도 하였고 통신 신호를 헛짚어서 주파수가 자글거리는 소리 같기도 하였다. 그러니까 그 소리의 울림이라는 것은 내가 들었던 소리의 고갱이를 파내버리고 껍데기들만이 층을 이루어 포개져 있다가 별안간 하중에 무너져 버리는 찌꺼기들의 뭉치가 바스러지는 소리였다. 소리의 찌꺼기들이 내는 소리는 밑절미가 없어서 사소했지만 사소한 만큼이나 부연하고 부산했다. 소리의 찌꺼기들은 먼지처럼 귓속을 자욱하게 떠다녔다. 떠다니는 소리들이 이따금 뭉쳐서 풀벌레 소리로 울어대면 나는 늘 고막이 가려웠다. 나는 귀이개를 찾아서 찌꺼기들을 걷어냈다. 귀이개가 귓속을 범할 때 껍데기만 남은 소리의 찌꺼기들이 아우성을 쳤다. 오른쪽 귀에 귀이개를 넣으면 왼쪽 눈초리와 입꼬리가 씰룩거렸다. 부드러운 면봉에 귀지들이 들러붙어 있었다. 찌꺼기를 들어낸 귀의 안쪽으로 태풍의 영상을 거느린 모든 소리들이 부산하게 들어차기 시작했다.

*

원양에서, 서판욱은 바다와 하늘을 구별하는 지점을 분간해내지 못했는데 바다가 끝나는 먼 어디에서 하늘은 시작되는 것이었고 끝없는 바다를 가야만 하는 트롤선에서는 하늘은 아무래도 시작되지를 못했는데 시작되지 않는 하늘을 어떻게든 분별하려 해도 원양의 수평선에는 거치적거리는 장애물이 없어서 서판욱의 시선에서 바다와 하늘은 색의 차이가 밋밋해서 겨우 푸른색 스펙트럼 언저리에서 번졌다가 돌아오기를 거듭할 뿐, 색의 명도는 바다와 하늘 어디에서도 명쾌하지 않았고 빈 하늘과 빈 바다는 들키지 않는 곳에서 동성애자마냥 서로를 탐닉하고 부둥켜안아서 색의 채도마저 흐려지는 것이어서 한낮의 땀방울 위로 태양의 빛이 거침없이 쏟아지는 어느 날에는 색은 계통마저 무너져서 붉은색으로 듬성듬성 멍들었다가도 허연 구름과 파도에 떠밀려 무채색으로 동공에 맺히기만 했는데, 그럴 때에 원양의 공간은 색감이 드러내는 차이를 까마득히 상실해서 거기에는 본디의 색채마저도 혼미하게 풀려나갔고 그저 파도가 일어나서 아우성치는 소리만이 내내 웅성거리는 것이었는데 그런 날들에 바다의 짙푸름과 하늘의 희푸름은 사람의 육안에서 소거되어 귓전을 다그치는 파도와 바람 소리만이 여기가 바다이고 저기 어디가 하늘이라고 넌지시 알려줄 뿐 원양의 공간은 진공 속에 갇히어 버렸고 진공 속에서 바다와 하늘은 한낱 배의 뒷배만을 채우는 것이었고 갇힌 공간 속에서 바다와 하늘은 채도나 명도를 꿰뚫어보는 것이 부질없는 짓이어서 서판욱의 망막은 바다색과 하늘색을 추려 내지를 못했다.

육지에서도, 서판욱은 청록靑綠을 구별하지 못했다.

조양 350호는 라스팔마스항에서 서남 해역 200해리 벗어난 언저리에서 가다랑어 잡이를 하는 대한민국 소속 원양어선이었다. 조업신고 해역의 좌표는 북위 23도 22분, 서경 16도 41분 지점이었다. 조양 350호는 제 2선단 소속 트롤식 참치 연승선으로 그물로 대서양 바다를 훑어서 가다랑어를 포획하는 것이 주된 임무였다. 조양 350호는 승선인원이 12명이었고 서판욱은 조리장 직위로서 부여된 보직은 바다 위에서 선원들의 끼니를 해결하는 것이었다. 출어 전, 서판욱은 현지 파견 지사 부식 담당자에게 배정받은 부식의 양과 가짓수를 확인하고 서명했다. 선장은 뱃전에서 바다를 향해 절을 올리고 밑앞에 서서 술을 뿌리고 찐 돔을 바다에 뿌렸다. 갈매기가 달려들어 돔의 대가리를 뜯어 물고 달아났다.

　- 조양아, 잘 부탁한다.

　선장은 조양 350호에 여성의 명칭을 섞어 넣고는 무사 귀항을 빌었다. 파견 지사장이 선장에게 만선을 당부하며 안전 조칙과 통신 주파수 권역을 확인하고 악수했다. 조양 350호는 라스팔마스 항에서 현지 시각 밤 9시에 출항했다. 배가 출항할 때, 선미에서 파도의 이랑들이 일어 거뭇한 바다를 하얗게 뒤집어내었다. 뒤집힌 바다의 속살에 다시 파도가 너울거렸고 항만의 불빛은 물살에 실려 멀리 떠내려갔다. 갈매기 우짖는 소리가 밤바다를 갈랐고 조양 350호는 항해 표시등을 밝히고 치대는 파도를 밀치며 나아갔다.

　조양 350호는 까나리아 제도 서남 해상에서 가다랑어 잡이 도중 파도에 맞았다.

　- These are not the waves ever I've seen.

　Like house, like whale the size maybe.

　definitely that size.

조난 당시 조양 350호 선장이 통신 축에서 메이데이를 외치며 다급하게 전한 파도의 규모는 집채만 했고 북아프리카 연안 기상국에서 공식 발표한 파고는 12미터였다. 파고 측정은 해수면에서 일어선 수직의 높이만을 일회성의 수치로 나타내는 것일 뿐, 파도는 올 때 벼락 치듯 일회성으로 부서져 버리는 것이 아니라 너울을 지속적으로 동반해서 집적대었다. 수직은 중첩되고 수평은 이동하여 파괴력이 연속적으로 매달리는 것인데 그것은 내려쳤다 빠지는 것이 아니고 내려치고 두들기고 주물러서 반죽처럼 뭉개는 것이어서 높은 곳에서 찍어 누를 때와 똑같은 규모로 흘수선 아래쪽을 뒤흔들어댔다. 이때 바다는 롤링이 횡대를 갖추어 선체의 옆구리를 가멸차게 치대게 되며 선체의 골격이 만나는 부분은 헐거워져서 상판과 하판이 들뜨게 되고 선체의 밑앞과 밑뒤가 따로 놀아서 부력과 복원력은 너덜거리게 된다.

조양 350호는 롤링 30분 만에 우현이 기울어졌다. 12미터 높이의 집채만 한 파도가 마스터를 타고 넘어서 갑판에 고꾸라졌다. 허옇게 부서진 파도들이 갑판을 덮치고 기관실과 선실을 쓸어냈다. 기관실에 물이 들어차자 장등, 현등, 선미등이 도미노처럼 어둠 속으로 붙들려갔다. 선장의 조타는 선체를 가다듬지 못했다. 조타와 동력을 상실한 선체는 파도의 혀끝에서 놀아났다. 비바람을 업은 어둠이 별안간에 들어찼고 조타 휠이 이리저리 돌았다. 선장은 윗옷을 벗어 조타 휠에 팔뚝을 엮어서 결박했다.

— 기중기를 탈락한다.

선원 서너 명이 선미에 장착되어 있는 그물을 끌어올리는 기중기에 일제히 들러붙었다. 랜턴 빛이 어둠을 쏘았는데 빛에 비가 달려들어 빛은 전방을 밝히지 못했다. 기중기와 선체를 연결하던 이음봉이 마찰음을 일으키며 탈락하자 기중기는 무게 중심이 무너지며 바다 위로 고꾸라졌다. 선박의 후미가 바다 위로 흘수선을 드러내며 솟아올랐다. 일등 항해사가 기관실 입구에서 신호탄을 연발했다. 신호탄이 불꽃을 흩뿌리자 바다는 포효했고 파도가 날름거리며 불똥을 받아먹었다. 기중기가 탈락할 때 갑판 난간을 밀어서 안전대가 뜯겨지면서 톱니처럼 매서운 날을 돋아냈다. 선원 한 명이 고꾸라져 목덜미를 움켜쥐고 쓰러졌다. 선장이 조타실 벽면에 걸린 수건을 던졌다. 서판욱은 수건을 받아서 쓰러진 선원의 목을 동여서 피를 막았다. 젖은 수건에 젖은 피가 흥건히 고였다. 조타실 뒤로 솟은 게양 봉에 바람에 붙들린 태극기가 찢어져라 너펄거렸다. 천둥이 바다를 다 그쳤고 번갯불이 태극기 위로 터져서 파도의 공세지점을 찍어주었다.

— 가쓰오를 버린다.

냉동저장고 문이 열리자 새까만 파도들이 구원병처럼 달려들었다. 궤짝의 얼음 덩어리들이 갑판에서 미끄러져 바다에 빠졌고 얼어붙어 눈알이 번득거리는 가다랑어가 파도에 휩쓸렸다.

납덩어리를 비껴친 듯 검회색 파도가 사납게 덧칠을 해대는 익명의 공간이었다. 구조의 신호는 없었다.

기울어지는 배를 지탱한 선장은 조타 휠에 결박했었던 팔목에 피멍이 들었고 거칠한 수염과 인중 미간과 이맛살에 소금기가 덕지덕지 들붙어 있었다. 선장은 구부정한 몸을 펴서 나침반과 해도를 열고 위치를 살펴서 주파수 너머에 타전했다. 선원들은 제가끔 기댈 곳에서 몸을 늘어뜨린 채 뜨거운 햇살에 말라가고 있었다. 파도는 간밤의 살기를 온전히 거두어들이고 평온한 물낯으로 햇살을 튕겨내고 있었다.

　- 일등 항해사는 인원을 점검하고 피해사항을 보고한다.

　- 12명 전원 무사합니다. 갑판원 1명이 난간에 찔렸는데 지혈이 된 상황입니다.

　- 물과 소금과 쌀을 살펴라.

　서판욱이 나서서 말했다.

　- 소금은 녹았습니다. 물과 쌀은 수삼 일은 견딜 수 있습니다

　- 승선원은 모두 들어라. 우리는 서사하라 바다에 떠 있다. 바다에도 국경은 있어서 국경을 넘어야 될 구조선은 시일을 예측할 수 없다. 쌀은 죽을 쒀서 먹고, 물은 배분양만 할당한다. 선장도 예외는 없다. 조리장은 이것을 철저히 하라.

　승선원은 모두 명심하라. 여기는 바다다.

조양 350호는 서사하라 해역에서 해양 경비함에 의해 발견되었다. 발견 지점의 좌표는 북위 21도 30분 서경 16도 30분 공해상이었다. 발견 당시 선체는 마스트가 무너져 있었고, 우현 선수부터 선미까지 안전대가 휘어지거나 뜯겨져 있었다. 닻이 떨어져 나가서 선체는 해상에서 고정되지 못하고 해류의 흐름을 따라 다니면서 좌우의 균형을 가까스로 버텨냈다. 날카롭게 찢어진 안전대가 바람에 가늘게 떨리고 있었고 기중기를 탈락한 곳에 가다랑어가 반쯤 녹아서 추깃물을 흘리고 있었다. 갈매기 서너 마리가 선미 끄트머리 난간에 앉아서 꽁지깃을 곤두세우고 대가리를 고정시켜서 가다랑어 쪽을 주시하고 있었다. 뜨거운 태양이 내리쬐어서 선체는 온통 푸른 소금기가 돋아나고 있었다. 게양대에서 태극기가 잔바람에 펄럭였다.

조난 3일째 되는 날 서사하라 해양 경비함이 조양 350호의 선원을 구출했고 선원은 라스팔마스 해역에서 본사에서 호출한 다른 트롤선으로 옮겨 타고 귀항했다. 선장은 예인선이 도착할 때까지 조양 350호에 남았는데 예인선은 하룻밤을 지나고 도착해서 조양 350호를 견인했다. 저 멀리 육지의 모습이 보였다. 새하얀 건물들이 가파른 산자락에 찍혀있었다. 서판욱의 시야에 태평동 비탈이 들어왔다. 비둘기 집처럼 닥지닥지 붙어서 바람이 드나드는 소리에도 시름에 젖어드는 쪽창 안에서 물 말은 밥에 간장을 둘러서 먹는 자신의 모습이 지나갔다. 눈 내리는 날 딸아이의 차가운 머리맡에 사탕 박스를 놓고 있는 허깨비 같은 아비의 모습이 떠다니고 있었다. 질긴 부정이 엉켜서 조청처럼 끈적하게 눈물이 고였다. 서판욱은 소금기 묻은 말보로 한 개비에 불을 붙였다. 딸의 얼굴이 담배 연기 속에서 어른거렸다. 깊숙한 몸의 안쪽에서 물컹한 울림이 너울이 치대듯 속내를 옥죄었다. 선미 쪽이 어수선했다. 선원들이 모여들었다.

　– 사람이 빠졌다!

　누군가 소리쳤다. 파도가 다가와 사람이 빠진 구멍을 덮었다. 바다는 고요했다. 육지가 다가서고 있었다.

　조양 350호 선원 11명은 무사 귀항했으나 귀항 중 갑판원이 투신했다. 투신지점은 북위 28도 5분 서경 15도 29분 지점이고 수심은 40미터로 해양의 기상특보는 없었고 시신은 발견되지 않았다. 투신한 갑판원은 조난 도중 경추부 출혈로 귀항선에서 수혈을 받았다는 보고서가 파견지사와 총영사관에 보고되었다. 파견지사는 투신자살이 아니라 무단탈선임을 총영사관에 거듭 보고했고 총영사관은 파견지사의 보고를 대사관에 보고했다.

　– 본사에서는 탈선으로 몰아가는 분위기야. 해외근무 도중 국적이탈로 처리될 것 같아. 본사로서는 그게 최선이고 최상이 겠지. 그 새끼들 사람 죽고 사는 것보다, 지들 책임회피가 우선이지. 좆같은 새끼들.

그런데 말이야, 내 보기엔 그 친구 바다로 간 거야. 바다에서는 고비가 있지. 폭풍우보다 더 무서운 것이 조용한 바다네. 그 틈 사이에서 고비를 넘기지 못한 거네. 까나리아가 울어대듯 쉼 없이 자박거리는 파도를 보면 살아도 죽어있는 것 같고 죽어도 살아있는 것 같은 기분. 바다는 무서운 곳이야.

＊

– 내일 수업 끝나고 조문할게.

나는 인석 선배에게 전화했다.

– 큰 파도가 와서 가시기에 편하실 거야. 어머니 보내드리고 잠수하러 가자. 진짜 바닷속 말이야.

인석 선배가 말했다. 휴대폰 너머에서 곡소리가 들려왔다. 나는 박하사탕을 입안에 밀어 넣었다.

'탄-방'은 제주도를 지나 빠르게 북진했다. 기상청이 발표한 경과지를 벗어난 태풍은 서해안으로 진입하여 강화도에 상륙했다. 기상청의 예측 시스템은 태풍의 존재만을 예측하였는데 예상 경로는 컴퓨터의 시뮬레이션을 토대로 발표한 것으로 예상과 실제는 다를 수 있으며 자연현상은 인간이 하는 일과 달라서 예상이 항상 정확할 수는 없다고 기상청 공보관은 상황실에서 말했다. 공보관의 말에는 거짓이 없었으나 거짓 없음이 사실과

동의어일 수도 없었다. 서울이 태풍의 직접영향권에 들어가면서 기상청 홈페이지에는 기상청에 대한 국감을 실시해야 한다는 익명의 글이 올랐다. 네티즌들이 긴 댓글로 엄호하자 기상청은 홈페이지 서버를 다운시켰다.

　전라남도 해남읍 가두리 양어장이 초토화되었다. 양어장 주인은 카메라 앞에서 파도에 쓸려나간 빈 어망의 위치를 손가락을 짚어대며 성토했다. 부표가 이리저리 흩어졌고 가두리 어장의 테두리를 짜 맞추었던 목재 더미가 어긋나고 뒤틀려서 파도에 속수무책이었다. 국고보조금과 농어촌 대출금으로 일으켜 세운 양어장이 바다로 사라졌다고 양어장 주인은 울먹였다. 양어장 주인은 물고기를 팔아서 아이들 학자금을 버텨왔는데 이번 태풍으로 학자금이 나올 구멍이 없다고 또 울었다. 물고기가 바다로 가서 물고기를 팔 수 없다는 양어장 주인의 말은 사실이었는데 그 사실로 학자금은 막혀버렸다. 나는 물고기가 바다로 가서 물고기가 없다는 말의 비논리성을 생각했는데 내가 아는 논리와 양어장 주인의 논리는 접하는 질감이 달랐다. TV 화면에서는 태풍에 찢어진 비닐하우스와 낙과를 주워담는 과수원 주인을 연달아 비추었고 낙석이 떨어져서 끊어진 도로를 비추었다. 나는 아버지의 바다에서 퍼덕거리는 가쓰오를 생각했고, 인석 선배의 좁디좁은 바다에서 헤엄쳐야 하는 펭귄들과 날아오르지 않는 가오리를 생각했다. 생리혈이 아래에 스미었다.

사소해도 멍게

칠성수산에서 서인숙은 생산부서 별정직 계약이었다. 이력서에 서인숙의 최종학력과 전공학과가 명시되었으나, 구직에 있어서 이력은 참고사항이지 확정사항은 될 수 없다고 생산담당 부서장은 말했다. 전문대졸 수준의 입사는 구직자의 전공을 참조하되 회사의 인력운영에 따라 배치되는 것이 맞고 추후 업무성실도와 근태평가에 따라 정규직 전환 시 감안될 수도 있다고 생산부서장은 또 말했다. 전문대졸 수준 구직자의 전공은 고려대상이 아니라는 말을 생산부서장은 에둘러서 말을 한 것이다.

— 전공이 세무회계면 회계 쪽이 맞기는 한데, 거긴 대졸자 정규채용 코스고, 또 현재로썬 충원계획도 없습니다. 생산부에서 일을 하다가 인원보강계획이 나오면 인숙 씨를 제일 먼저 추천은 해보겠습니다.

서인숙의 정규직 전환 시기 및 방법은 계약서에 명기되지 않았다. 서인숙은 비닐팩에 멍게 살을 담아서 포장하는 작업장에 배치되었다. 작업장 관리반장은 작업 개시 전에 별정직을 일렬로 세워서 어깨와 팔 다리를 펴는 체조를 시켰고 위생과 안전규칙을 복창하게 했다. 여덟 글자를 크게 외쳐대는 식이었다.

— 청결엄수, 안전제일.

서인숙은 야무지게 복창하고 박수치며 작업에 임했다. 일은 간단하고 명료했다. 컨베이어벨트 한쪽에서는 멍게를 칼로 갈랐고 다른 한쪽에서는 껍데기와 살을 분리하고 두 명이 붙어서 멍게 살을 세척했다. 교대로 돌아가면서 멍게를 자르고 벌리고 씻고 싸는 일이었다. 세척한 멍게 살을 두서너 개씩 집어서 열 개들이로 비닐팩에 넣으면 분사와 밀봉을 하는 기계에서 소금물이 분사되어 비닐팩을 채웠고 끝부분이 자동 밀봉되는 공정이었다. 공정이라고까지 할 것은 없고 과정의 연속이었는데 출근부터 퇴근까지 반복되는 일이었다. 컨베이어벨트는 멈추지 않고 작동했고 서인숙은 끊임없이 밀려오는 멍게를 손으로 집어서 비닐팩에 넣었다. 컨베이어벨트는 파도가 자박거리듯이 멈춤이 없었고, 쉼 없이 멍게를 실어왔다. 끊임없는 컨베이어벨트에서 세법개론과 회계원리는 무용지물이었고 다만 두 손의 근력으로 일들은 무난하게 작동했다. 컨베이어벨트 앞에 선 사람은 객관화된 물체로서만 움직였다. 서인숙은 컨베이어벨트 앞에 붙어서 빠른 손놀림으로 컨베이어벨트의 지시를 따랐다. 서인숙은 오십 분 일 하고 십분 휴식했다. 휴식시간에 서인숙은 굴을 까거나 멍게를 잘라서 알맹이를 빼내고 있는 할머니들에게 가서 커피를 권하였고 여물게 익은 멍게 살을 들여다보면서 웃었다. 할머니들은 멍게를 보며 웃는 서인숙을 보며 허리를 펴고 인스턴트커피를 후후 불어가며 마셨다.

– 아가, 넌 웃는 얼굴이 참 곱다.

- 저 나이 때에는 울어도 곱다 마.

배시시 웃는 서인숙을 보며 할머니들은 이런 말을 했다.

- 멍게가 붉게 익어가는 것이 신기해요. 바닷속에는 빛도 들지 않을 텐데.

- 아이고, 처녀가 궁금한 것도 많네. 멍게는 어릴 때부터 원래가 빨갛다. 갯것들은 변하지를 않는 법이다.

칠성수산 총각들은 서인숙의 작업장 주변을 자주 기웃거렸다. 총각들은 서넛이 몰려다니면서 기웃거렸는데 서인숙은 기웃거리는 총각들의 시선이 난처해서 웃었다. 그 웃음은 방향이나 표적이 없었지만 입가가 올라가거나 눈가에 웃음기가 잡히면 총각들은 웃음의 방향을 저마다 제 쪽이라 우기면서 지들끼리 흥분해서 다퉜다. 서인숙이 웃을 때, 칠성수산 총각들은 가슴이 뜨거워졌고 배꼽 아래로 피가 몰렸다. 서인숙은 총각들의 시선이 버거워서 다만 웃을 뿐이었는데 총각들은 몰려다니며 안달했다.

- 인숙아, 총각들 애간장 타겠다. 작작 웃거라.

웃음 짓는 서인숙을 보며 할머니들은 말했고,

- 딱 보니, 저것들 쓸만한 놈 하나 없다.

멍게 작업장 주변을 기웃거리는 총각들을 보며 할머니들은 혀를 찼다.

- 그래도 손 주임은 사람이 안 여물더나.

조은옥 할머니가 멀리 부둣가 쪽에서 걸어 나오는 손무근을 보며 말했다. 멀리서 손무근이 할머니들 쪽으로 고개를 숙이고 인사를 했다.

칠성수산은 (주)칠성의 상무직이 수산을 대표하는 공장장이었고 공장장 산하 두 개 부서 여섯 개 파트로 조직도가 갖추어져 있었다. 총무·공무·회계파트는 관리부 산하였고 양식·가공·어업파트는 생산부에 소속되었다. 관리부서는 정규직 직원들이 대부분이었고 생산부서에는 과장급 부서장과 대리급 파트장과 서무주임을 제외하고는 전원이 비정규직이었다. 비정규직 직원은 1년마다 계약을 연장하는 방식이었고, 회사의 인력운영에 무리가 없는 한 계약서에 도장을 찍는 일로 자동 계약 갱신되었다. 본사 인사파트에서는 칠성호 일곱 명의 선장들의 촉탁 계약 연장을 최우선으로 했고, 중장비기사와 버스기사, 경비원 순으로 계약을 연장했다. 가공파트 비정규직은 계약연장 최후 순위였다. 서인숙은 가공파트에 소속되어 멍게를 포장했다. 아르바이트 할머니들은 특정 부서에 소속되어 있지는 않았지만 가공파트 서무주임이 생산량과 노임 지불명세서를 관리부서에 제출하였으므로 소속을 굳이 나누자면 가공파트에 가까웠다.

칠성수산 사무직 직원은 본사에서 공채로 채용했는데, 손무근은 대졸 공채로 (주)칠성에 입사했다. 입사 후 손무근은

(주)칠성의 사원으로서의 기본적인 업무교육을 수료하였고 칠성수산으로 발령받았다. 손무근은 칠성수산 생산부에 배치되어 가공파트 서무주임으로 보직되었다. 가공파트 서무주임의 업무 분장에는 생산·가공·어업파트의 비정규직 출퇴근 기록카드 비치, 비품 목록 비치, 소화기 비치, 유류비용 정산처리를 비롯한 제반업무와 멍게와 굴의 월별 출고량 추이를 기록해서 관리부서 총무파트에 제출하는 것이었는데, 전문성을 요하는 일은 없었고 대체로 잡일이 많았다. 대졸 입사자 손무근은 가공파트 서무주임의 신분으로 급여를 받았으며 직무에 따른 근무환경 수당을 추가로 받았다. 급여 명세서에 특수근무수당 육만 원이 표시되어 있었는데 관리부서에서 근무하는 동일 직급의 주임들은 생산부서 주임은 잡일을 많이 하므로 잡일은 본래 수당이 붙는 것이라고 말했다. 급여가 이체되는 날이면 관리부서 주임들은 손무근에게 말을 이렇게 했다.

– 손 주임은 특근 수당을 받으니 소주를 사라.

서인숙은 2년제 대학에서 세무회계를 공부했다. 졸업하던 해에 부산 서면 고시원에서 2년간 지방직 세무공무원 준비반에서 수강했고 시험에서 두 번 낙방하고 고향으로 돌아왔다. 두 번째 시험에서 낙방 후 서울 노량진으로 가서 한 번 더 도전해 볼까도 생각하기도 했었지만 노량진에 간다고 해서 뾰족한 방법이 있을 것 같지는 않았다. 무엇보다도 고시원에서 살아가야할

경제적 지출 규모에서 뾰족한 수가 없었다. 고시원 방을 비우던 날, 공무원 시험 준비서적을 찢어서 유리컵과 접시들 사이에 끼워 택배로 옮겨질 때 충격이 가지 않도록 했다. 유리컵과 컵 사이, 접시와 접시 사이에서 기출문제의 객관식 문항들이 찌그러져 있었고 중요 암기사항이었던 글자들이 여러 가지 형광펜으로 칠해진 채로 어그러져 있었다. 시험 준비서적을 제외하고는 두 권의 시집과 한 권의 소설집이 서인숙이 가진 책의 전부였다. 서인숙은 짐을 꾸리다가 시집의 책장을 넘겨보았다. 글씨들이 무늬처럼 어른거리며 바싹 마른 다시마 냄새를 밀어 올렸다. 오래 개켜놓은 이불을 펼칠 때 나는 한적한 냄새였다. 쪽창으로 햇살이 건너와 시집에서 부유하는 냄새를 비추었다. 서인숙은 시집 두 권과 소설집 한 권을 옷가지 위에 올리고 상자를 동여매고 테이프를 붙였다. 고시원에서의 살림살이는 옷가지를 포함해서 세 박스였다. 냉장고와 선풍기는 같은 반에서 같이 공부하고 밥을 먹었던 동료 수험생 두 명에게 나눠 주었고, 옷장과 책상은 그대로 남겨 두었다. 박스 세 개를 정리하고 택배 기사를 불러서 착불배송을 당부했다. 고향으로 오는 날, 서인숙은 생리 삼 일째였다. 생리혈이 자주 흘러서 버스를 갈아탈 때마다 패드를 갈았다.

바람이 포구의 비린내를 휘저었다. 항만을 따라 비린내가 흩어지고 뭉치면서 바다의 일을 전했다. 포구의 끝자락에 날을 세

운 해안 단애가 먼바다에서 몰아오는 바람과 파도를 대번에 쳐
내서 바람은 가벼운 제 몸통을 능선에 비비면서 비상했고 파도
는 원양에서부터 돋아낸 혀끝이 잘려나간 채 순해 빠진 너울만
으로 항구의 안쪽에 닿았다. 항구에는 언제나 날쌘 바람이 먼저
당도해서 웅웅거렸고 기진한 파도는 저벅대면서 나중에 왔다.
겨울 항구에서 바람은 습기가 빠져서 가볍고 날랬다. 예리하고
날 선 바람은 여름의 질척거리는 바람과는 달라서 피부에 난 모
공을 찌르고 후볐다. 찰나를 쪼개서 구석구석을 찌르고 후비는
바람이었다. 겨울 항구에서 사람의 피부는 푸석거려서 갈라지
는데 그 좁은 틈새에 바람이 닿으면 '살을 에는 바람'이라는 우
리말 표현은 적확하게 제자리를 찾았다.

바람이 휘저으며 나가는 포구에서 갈매기들은 정박한 어선의
깃대에 올라앉아 대가리를 쳐들었다. 노란 부리를 다물고 미동
없는 갈매기들의 방향은 한사코 바다 쪽이었고 먼 원양에서 한
무리의 갈매기 떼를 몰고서 포구로 들어오는 어선 쪽에 눈을 고
정시켰다. 칠성호가 방파제 안쪽에서 마력을 줄여서 속도를 낮
추고 칠성수산 부두 하역장으로 들어갔다. 갈매기 떼가 칠성수
산 부두 하역장 위를 어지럽게 날며 똥을 갈겼고, 어선의 깃발
에 올라앉은 갈매기가 날개를 펼치고 칠성수산 쪽으로 날아갔
다. 칠성호 선장은 밧줄을 던져서 부두에 배를 결박했다. 노역
자 두 명이 칠성호 갑판으로 건너가서 사려진 양식멍게 밧줄을

끌어냈다. 밧줄에 들러붙은 홍합과 멍게들이 바닷물을 쏘아내며 갯내를 풍겼다. 멍게와 홍합을 매단 굵은 밧줄이 기계에 오르자 기계가 돌아서 밧줄에 붙은 멍게를 훑어냈다. 멍게가 떨어져 나올 때, 밧줄에 공생하던 홍합이나, 고둥, 거북손 같은 갯것들이 으깨지며 떨어졌다. 할머니들이 멍게를 골라서 한쪽으로 모았고 간간히 씨알이 굵은 홍합을 양은냄비에 주워담았다. 갈매기 떼가 우짖으며 바스러진 홍합이며 거북손을 낚아채서 공중으로 갔다.

자연산 멍게는 바닷속에서 해녀가 꼬챙이로 찍어서 서너 개씩 가지고 오는데, 해녀가 찍어서 올라오는 몇 저름 멍게를 모든 사람이 다 맛 볼 수는 없어서 양식으로 대량생산하는 것만이 전 국민에게 그 알싸한 식감을 저렴하게 공급하는 방법이었다. 1973년에 경상남도 통영 앞바다에 멍게 종패를 줄에 매달아 바다에 넣고 키워서 전 국민에게 멍게의 식감을 제공하고자 멍게 양식은 시작되었다. 멍게 종패가 박힌 밧줄을 새끼를 꼬듯 여러 가닥 꼬아 엮으면 어른 종아리만 한 굵기의 양식용 밧줄이 완성되었고 겹으로 꼬인 줄의 사이사이에 멍게 종패를 매달아 마을 앞바다에 넣어 두고 일주일이 지나면 어린 멍게가 달렸다. 줄에 매달린 어린 멍게들은 산딸기만 했고 산딸기만큼 붉었다. 이 어린 멍게들을 파도의 흐름이 세고 물살의 방향이 빈번하게 교차하는 물목으로 데리고 가서 바다 아래로 수직으로 길게 내려

두고 부표를 띄우고 깃발을 꽂아둔다. 2, 3년간 오가는 물살에 치대이고 운 좋게도 큰 파도에 쓸려가지 않으면 멍게는 전 국민이 먹을 수 있는 만큼 넉넉하고 씨알 굵게 자란다. 통영의 바다는 양식 멍게 생산량으로는 국내 최대인데 점유량은 약 70% 정도라고 했다. 국내 소비량의 거의 7할을 출하한다는 말인데 생산량 70%는 일반적인 셈법으로 가늠할 수 있는 양은 아니었다. 양식 멍게는 향이 연해서 먹기에 편안했다.

칠성수산은 통영에서 멍게와 굴양식이 성공하자 1975년에 통영항만 구석에 수산 냉동 제빙 건물을 짓고 굴과 멍게를 양식했다. 개인이나 부락의 공동 양식 업자를 모집해서 양식방법을 가르쳤고 이들이 생산한 멍게와 굴을 도매로 끌어와서 전국으로 보냈다. 전 국민이 굴과 멍게를 반찬과 안주로 먹기 시작하자 사업이 번창했고 창업주는 주식을 발행하여 사업을 확장하면서 부산에 본사를 두고 서울에 해외 판매를 전담하는 지사를 개설하였다. 그리고 통영, 사천, 해남, 영덕, 삼척 등 청정 바다 항만 소도시에 수산 냉동 제빙 건물을 지어나갔다. 칠성수산은 (주)칠성으로 사명社名을 확정하고 해산물을 필두로 한 참치 통조림 사업으로 영역을 확장했고, 90년대 스페인에서 300톤급 중고선박을 사들이는 것을 시작으로 대서양과 베링 해협과 북태평양으로 원양어선을 보냈다. 칠성수산은 통영 출신이 일으켜 세운 국내 100대 기업순위에 드는 (주)칠성의 모기업이었다.

서인숙은 칠성수산 1층 해양생태관에서 이런 내용의 글들을 읽었다.

칠성수산은 가을부터 이른 봄까지 양식 생굴을 까내어서 전국으로 보냈고 겨울부터 여름까지는 양식 멍게를 거두어서 출하했다. 겨울에는 굴과 멍게를 동시에 작업해야 해서 늘 일손이 달렸다. 일손이 모자라는 겨울이면 칠성수산 출하장에는 할머니들이 아르바이트로 굴을 까고 멍게 껍질을 갈랐다. 할머니들은 일을 갈 때, 아르바이트라고 하지 않고 - 꿀바리 돈내기 간다. 라고 했다. 꿀바리라는 말은 굴까는 작업 정도로 해석될 것인데 국어사전에는 없는 말이지만 통영에서 굴까는 할머니들이 쓰는 말이니 사전에 없다고 해서 말이 아니라고 말하기는 어려워 보였다. 이 말은 굴을 까는 것뿐만 아니라 멍게를 가르거나, 생선의 내장을 가르는 일에 뭉뚱그려서 사용하는, 그러니까 바닷가에서 돈이 되는 일을 모조리 아울러 말하는 것이기도 했다. 돈내기라는 말은 깐 굴 1kg에 얼마를 쳐서 수당을 계산해주니 하루 종일 까낸 굴의 양에 따라 받는 노임에 차이가 생기므로 내기라는 말을 붙였을 것으로 이해되었다. 이해되었다. 라는 이 말을 굴까는 할머니들 앞에서 아무렇게나 할 수 있는 말은 아니었다. 할머니들은 그 1kg으로 하루를 먹었고 한 해를 먹었는데 한 계절과 한 해를 연명해가는 할머니들의 돈내기는 이해되는 것이 아니고 이해할 수 있는 것도 아니었다. 그것은 할머니들의 손등에 패인 대 뿌리 같은 혈관 속으로 피를 돌게 하는 일이지, 이해와 해석의 추상성을 들이댈 것은 아니었다. 찬바람이 불어오면 칠성수산에 할머니들이 모여서 쪼그리고 앉은 자세로 하루 종일 굴을 까고 멍게를 갈랐다.

칠성수산 임직원용 출퇴근 버스는 아르바이트 할머니들을 수송하지 않았다. 임직원용 출퇴근 버스의 좌석 수와 배차 간격은 50명이 넘는 할머니들을 조석으로 태워 나를 수는 없었다. 할머니들의 대부분은 통영시 외곽 리里 단위 동네마다 흩어져 있어서 버스가 모든 리 단위를 돌아다니면서 할머니들을 태워 나르는 것은 불가능했다. 더러 아들이나 며느리가 자가용에 태우고 오는 할머니도 있었지만 대부분의 할머니들은 시내버스를 타고 저마다 왔다. 칠성수산에서 아르바이트하는 할머니들은 개별적인 자영업자 신분으로 원천징수되었다.

칠성수산 정문은 아치형 철판 구조물을 올리고 그 위에 슬로건을 한 자씩 덧붙여 놓았다. 수산 강국 안전 칠성, 이라는 여덟 글자였다. 아치형 정문 옆으로 사람이 드나드는 좁은 통로의 문이 있었고 경비원이 안쪽에서 문을 열어젖히면 할머니들이 왔다. 할머니들은 올 때, 등산용 패딩점퍼를 입고서 삼삼오오 대열을 이루어 왔는데 대열은 형형색색이었다. 할머니들이 걸친 패딩은 저마다 색이 달랐지만 붉고 노란 계통이 색의 계열을 장악해서 대열은 단풍색 계열이었다. 붉고 노란 패딩점퍼와 등산 모자와 후드넥 마스크로 새벽 추위를 틀어막은 할머니들은 도시락을 넣은 배낭을 하나씩 메고 칠성수산 정문 옆 쪽문을 통과했다. 할머니들은 숙직한 경비원에게 일일이 인사했고, 경비원은 일일이 대답했다. 간밤의 안부를 물어서 이 하루도 무사하기를 할머니들과 경비원은 서로 바랐다.

ー 어젯밤 꿈자리가 뒤숭숭하더라. 오늘 차 조심 사람 조심 각별히 해라.

할머니들은 지난밤 꿈자리를 말해서 경비원에게 일렀다.

ー 네, 어머니. 그러지요. 어머니도 오늘 허리 조심하시고 칼질 조심하십시오.

경비원은 할머니의 꿈자리를 알아들어서 살갑게 받았다.

화톳불이 올랐다. 칠성수산 숙직자가 불문을 낸 양철통에 마른 장작을 꽂았고 신문지에 불을 붙여서 불쏘시개로 박아 넣었다. 신문지는 잿빛으로 구겨지며 불에 순응했다. 불꽃에 바스라지는 신문지는 일주일 전이거나 그저께나 어제의 소식이었을 정보인 글자꼴을 마지막으로 태워내며 신문으로서의 제구실을 끝냈다. 동녘에서부터 번져오는 푸른 어스름을 그으며 연기가 올랐고 장작으로 불꽃이 번져 옮았다. 숙직자는 얼굴의 반을 감싼 후드넥 마스크를 눈 아래에까지 올리고 꼬챙이로 장작을 쑤시고 밀어서 불꽃의 활로를 열어주었다. 꼬챙이로 불꽃을 쑤실 때, 재가 올라서 숙직자 쪽으로 달려들었다. 숙직자는 머리를 손바닥으로 털어냈고 패딩점퍼에 달린 모자를 뒤에서부터 넘겨서 머리를 덮었다. 매운 연기가 눈을 찔러서 숙직자는 중지와 검지로 눈꺼풀을 훑었다. 할머니들이 화톳불 곁으로 와서 배낭을 내리고 손을 내밀었다. 불꽃이 달려들어 할머니들의 손바닥을 지폈다. 화톳불 열기가 아지랑이로 번져서 할머니들의 손바닥 윤곽이 허물어졌다. 바람이 불어서 불꽃이 숨 쉬는 소리가 컸다.

할머니들은 플라스틱 의자에 앉아서 작업했다. 의자라고 하는 것의 모양새라는 것이 엉덩이를 폭신하게 받쳐주고, 허리를 뒤로 젖혀서 기댈 수 있는 종류의 것은 아니었다. 할머니들의 의자는 동네 목욕탕에서 쉽게 볼 수 있는 엉덩이만 걸칠 수 있는 딱딱한 플라스틱 깔개였다. 할머니들은 이 의자에 부표를 두툼하게 잘라서 올리고 청테이프로 의자와 부표를 동여매고 그위에 앉았다. 앉았다기보다는 몸을 얹었다고 해야 할 것이다. 할머니들은 고무장갑을 하지 않고 비닐장갑 위에 면장갑을 두세 겹으로 끼고 굴을 깠는데, 날카로운 굴 껍데기가 면장갑 속을 자주 파고들었다. 할머니들은 그녀들이 살아온 일생만큼 오래 굴을 만져왔는데 그녀들의 손바닥에는 굴 껍데기에 베이고 긁힌 흔적이 잔가시로 박혀있었다. 손바닥에 잡힌 흔적은 본래부터 할머니의 손금인 것처럼 골이 깊어서 그대로 할머니의 운명이 되었다. 할머니는 굴을 까서 손금이 생겼는데 그 손금 때문에 굴을 까는 운명을 달고 사는 것 같았다. 할머니의 손살피에 들어앉은 운명은 어쩔 수 없는 것인지, 어쩔 수 없기 때문에 운명이 되는지를 서인숙은 생각했다. 고시학원에서 공무원 시험문제를 풀다가 칠성수산에서 멍게 살을 포장하는 자신의 삶도 운명의 굴레에 예속된 것은 아닐는지, 제아무리 발버둥 쳐도 헤어나지 못하는 본래부터의 사는 방식은 정해져 있는 것이 아닌가 하는 생각도 들었다. 어찌 되었건 굴 껍데기가 파고든 흔적은 할머니의 운명이 되어 버렸다. 손금이 확정되고 운명이 결정되자 할머니들의 손은 더는 굴 껍데기에 생채기 나지 않았다. 겨울에 할머니들은 짠물이 면장갑 속에서 질척거려도 동상 걸리지 않았다. 할머니의 손은 동상에 걸리지 않을 운명도 깃들어 있었다. 운명은 원래 그런 것이라고 할머니들은 허리를 펴면서 말했다. 허리를 펼 때 할머니들은 휘파람소리를 내며 숨을 간헐적으로 내쉬었는데, 숨소리의 끄트머리에 잔기침이 잦았다.

 굴을 깔 때, 할머니들의 손매는 단호했다. 껍데기를 악다문 굴은 한 번의 찌르기와 한 번의 비틀기로 해체되었는데, 굴 껍데기는 한 번의 칼질로 열려서 뽀얀 속을 드러냈다. 굴의 육질을 발라낼 때 할머니들의 칼질은 서늘했다. 그때의 칼질은 껍데기를 가를 때의 집중된 속도감과는 전개 방향이 달랐다. 알을 빼낼 때, 칼날은 굴의 속껍데기의 결을 훑으면서 알맹이를 도려냈다. 그 칼질은 샤사각 소리가 나는 경쾌한 일회성의 훑음이었

다. 그 샤사각 훑기로 굴은 껍데기와 육질이 오롯이 분리되어
굴 껍데기는 바닥에 던져지고 알맹이는 플라스틱 통에 담겼다.
할머니들은 별다르게 집중하지 않고 샤사각 칼질했다. 굴에 칼
을 넣어 찌를 때, 할머니들은 어느 집 자식의 소갈머리를 들추
어 찔렀고, 칼을 비틀 때, 어느 집 자식의 출세를 비틀었고, 굴
알을 훑을 때, 어느 집 며느리 음식 솜씨에 혀를 찼다. 굴을 깔
때, 할머니들의 오가는 말에 어느 한 집안이 걸려들면 그 집안
은 속내가 까발려져서 무참했다.

 ― 며느리가 들자마자 어른이 돌아가셨지. 그 집 아들내미도
노름에 미쳐서 강원도 정선인가 어디서 폐인이 다 됐다고 하더
라만.

 ― 그 좋던 집안이 집구석 꼴이 말이 아이다.

 ― 그 박 씨네 며느리 봐라. 얼마나 야무지고 참하드나. 남편
이 벌이가 없어도 지 혼자서 집안을 건사했지. 애들도 지네 엄
마 고생한 걸 절로 알아서 세상에 없는 효자 효녀 아이가.

 ― 사람 잘 들여야지 아무렴.

 이런 말들을 할 때, 할머니들은 대체로 극단적인 비난과 칭찬
을 번갈아 가면서 했는데 집안의 흥망은 며느리가 좌지우지하
는 것인지 모든 성쇠의 중심에는 항상 누구네 집 며느리가 있었
다. 특히나 한 집안이 쇠해가는 조짐이 보이면, 그 집안 며느리
는 할머니들의 수다 속에서 헌신짝처럼 쓸모를 잃고 가차 없이
내몰렸다. 할머니들은 이야기의 중심을 옮겨가면서 여기저기

를 후비고 팠다. 할머니의 수다 속에서 경비원은 근면·성실해서 사장님의 표창을 받아야 지당했고, 버스 기사는 대머리라서 공짜 술을 먹어야 마땅했다. 할머니들이 굴을 까는 공정 속에는 질타와 칭찬과 시샘과 슬픔의 말들이 뭉쳐져서 허연 입김과 함께 허공을 떠다녔다. 할머니들은 삼삼오오 앉아서 굴을 까고 세상살이를 깠다. 서인숙이 듣기에 대체로 그런 할머니들의 수다는 증오와 환멸이라기보다는 정감과 정담에 가깝게 들렸다. 누구네 며느리에 혀를 찰 때도 그것이 악의나 저주에 기반을 뒀다기보다는 동정과 동감이 버무려져 있었다. 할머니들은 모여 있을 때 주로 발설했다. 그 발설은 가벼운 전염병 같았지만 치명적이지 않아서 누구를 해칠 수 있는 세균이 묻어 있지는 않았다. 할머니의 말들은 그저 "쯧, 쯧" 하는 안타까움이 거개였고 그 안타까움에는 동시대를 버티어 온 세월의 흔적이 더불어 자맥질하고 있었다.

서인숙은 할머니들의 언설이 비벼내는 덩굴을 들추어서 볼 수는 없었다. 그랬지만, 이야기들의 줄기 속에는 아마도 여성으로서 살아낸 개인사와 여성으로서 겪어낸 한국의 현대사가 주렁주렁 매달려 있는 듯했다. 덩굴의 실체를 들추어 볼 수는 없어도 저 아래에서 응어리진 덩어리들이 잔뜩 붙들려 있으리라고 서인숙은 겨우 짐작만 했다. 그것들은 고름이기도 했고 고름이 터진 자리에 돋은 붉은 새살이기도 했다.

조은옥 할머니는 월남 전쟁 통에 남편을 잃고 홀로 아들 둘을 건사했다. 다 자란 아들들은 출가해서 부산에서 살았고 아들들의 아이들이 시집 장가가서 증손주를 보았다. 조은옥 할머니네 촌가 마루 위 벽에는 젊었을 때 찍은 남편의 흑백 사진과 중년이 된 두 아들의 사진이 걸려있었다. 마루에 걸린 사진 속의 젊은 남편과 남편보다 늙은 아들들을 들여다보며 할머니는 소맷자락으로 사진틀에 붙은 먼지를 훔쳐냈다. 조은옥 할머니는 굴을 넣고 버무려 김장을 담가서 아들들과 손주들에게 보냈다. 조은옥 할머니는 우리 나이로 여든하나였는데, 주민등록상 나이로는 일흔일곱이었다.

오금옥 할머니도 월남 전쟁 통에 남편을 잃고 홀로 아들 둘을 건사했다. 다 자란 아들들이 출가해서 서울과 강릉에서 살았고 그 아들들의 아이들이 시집 장가가서 증손주를 보았다. 오금옥 할머니의 촌가 마루 위 벽에는 아들과 며느리와 손주와 증손주의 사진이 걸려 있었다. 오금옥 할머니는 젊어서 경기도 안산에서 살았는데, 남편이 월남전에서 전사하자 살길을 찾아 들어온 곳이 남해안 언저리였다. 남해안은 월남이라는 나라에 조금은 더 가까울 것이라고 생각하며 할머니는 터를 잡고 굴을 가르고 멍게 살을 까기 시작했다. 오금옥 할머니는 우리 나이로 일흔아홉이었는데, 주민등록상 나이로는 일흔일곱이었다.

조은옥 할머니와 오금옥 할머니는 같은 동네에서 반평생을 살았다. 살았다, 라는 말이 잠에서 깨어나고, 숨을 쉬는 일이라면 그 말은 맞을 것이다. 잠 깨고 숨쉬기를 거듭하며 살아온 할머니들의 이마에는 이제는 펼칠 수 없는 주름이 자리했고, 한 뼘은 족히 줄어든 몸의 길이만큼 고단했던 세월도 덩달아 지나갔다. 조은옥 할머니와 오금옥 할머니는 서로를 금이야, 은이야, 부르며 살았고 같은 버스를 타고 칠성수산으로 왔다. 조은옥 할머니와 오금옥 할머니는 칠성수산 작업장에서 서로 붙어 앉아서 굴을 깠다.

칠성수산 직원식당은 직영으로 운영했고 한 끼에 사천 원이었다. 업체 사람이나 부두에서 노역하는 사람들도 사천 원이면 한 끼를 먹을 수 있어서 식당은 늘 만원이었다. 조리사 자격증을 보유한 주방장이 요리했고 영양사가 고용되어서 칼로리와 영양을 맞추었다. 배식은 뷔페식이어서 서빙하는 직원은 별도로 두지 않았다. 식당 중앙부에 긴 탁자가 놓여 있었고 현미밥과 쌀밥을 담은 밥통과 우엉된장국, 총각김치, 고들빼기김치, 닭날개 감자도리탕, 꽁치 무조림 등의 반찬과 방울토마토나 사과 한 알이 후식으로 배열되어 있었다. 중고등학교 급식 수준의 찬이었으나 원하는 만큼 양껏 가져다 먹을 수 있었다. 잔반 없는 식사문화, 라는 여덟 글자가 식탁 중앙에 놓인 조화 화분에 꽂혀 있었지만 허기를 몰아온 부두 근로자들은 대체로 가득 담아서 먹었고 먹다 남은 것은 버렸다. 늦게 식당으로 들어온 사람들은 꽁치 무조림에 꽁치가 동나서 무만 건져서 먹었다.

서인숙은 배식 판에 현미밥과 우엉 된장국, 닭날개 한쪽, 고들빼기김치 두세 가닥, 꽁치 두 토막, 조림 무 한쪽과 방울토마토 대여섯 개를 담아서 식탁에 앉았다. 맞은편 통유리로 된 창에는 하늘과 바다가 겹쳐있었다. 서인숙은 창 너머에서 치대는 파도를 응시하며 밥을 먹었다. 현미밥을 깨물면 담백하고 고소한 밥 냄새가 입안으로 번졌다. 고시학원 수험생 식당에서 오므라이스를 숟가락으로 떠먹던 일들이 머릿속을 스쳤다. 수험생 식당에서 쪄낸 밥은 수분이 말라서 밥알이 입안에서 헛돌았다. 밥이라기보다는 식량에 가까웠는데, 다들 밥을 먹으면서 예상문제집을 들여다보았고, 문제해설집을 보면서 숟가락을 입에 쑤셔 넣었다. 수험생 식당에서는 대부분 밥과 찬이 분리되어 있지 않았다. 오므라이스, 제육볶음밥, 오징어볶음밥, 돌솥비빔밥, 짬뽕밥, 김밥, 주먹밥처럼 밥에 무엇인가를 함께 조리해서 내었다. 메뉴판에는 가정식 백반이 적혀 있었지만 백반을 먹는 수험생은 없었다. 서인숙이 밥을 먹는 자리로 사내들이 와서 자리를 채웠다. 사내들은 닭날개와 총각김치를 듬뿍 담은 식판을 내리고 숟가락으로 밥을 퍼서 입속으로 밀어 넣었다. 사내들은 밥 먹을 때, 겹 소리가 심했다. 그 소리는 어금니와 음식과 혀가 비벼지면서 새롭게 형성되는 소리였는데, 소리의 음가가 난잡해서 소리라기보다는 소리의 찌꺼기에 가까웠다. 서인숙은 젓가락으로 조려진 꽁치의 가시를 발라내는 일에 집중했다. 숟가락으로 꽁치의 꼬리를 누르고 젓가락을 'ㅅ'자로 벌려서 등지느러미 부근을 가르면 속살과 뼈가 드러났다. 뼈를 걷어내고 잔가시를 걷어내서 숟갈에 얹어서 먹었다. 꽁치 특유의 기름지고 고소한 식감이 입천장에 닿았다. 고들빼기김치는 젓가락에 돌돌 말아서 입술에 양념이 묻지 않게 먹었다. 부근에 앉은 사내들은 닭날개를 손에 들고 뜯어서 먹었고 손가락에 묻은 양념장을 빨아먹으며 쩝쩝거렸다.

서인숙이 밥을 먹는 자리 건너편 식탁에 손무근이 식판을 내리고 앉았다. 서인숙은 꽁치의 잔가시를 발라내서 입안에 넣으려던 순간에 손무근과 눈이 마주쳤다. 서인숙은 급하게 눈길을 거두고 젓가락을 입속에 넣었는데 빈 젓가락이었다. 서인숙은 꽁치를 덜어내고 맨밥을 먹었다. 맨밥을 먹었는데도 입안에서 꽁치 비린내가 나는 듯했다. 서인숙은 우엉된장국을 한 숟갈 떠서 머금었다. 꽁치를 먹는 모습이 손무근의 눈에 포착되었다는 생각에 식은땀이 났다. 건너편에서 손무근은 휴대폰을 식탁에 올려두고 밥을 먹었다. 손무근은 먹을 때, 숟가락으로 밥을 밀어 넣고 여러 번에 걸쳐서 씹었고 국을 떠서 먹었다. 건너편이라고는 하지만 서인숙의 식탁과 손무근의 식탁 사이는 사람들이 줄서서 배식대로 향하는 큰 통로가 지나서 수저가 식판에 닿는 소리는 들리지 않았다. 통로 중간에는 질항아리 화분에 육손이 나무가 여섯 가닥 이파리를 벌리고 있었다. 그 통로와 육손이 화분 너머에서 손무근은 밥을 먹었다. 서인숙이 곁눈이나 스치는 눈으로 보기에, 그가 밥을 씹거나 국을 삼킬 때 곁 소리를 흘리는 것 같지는 않았다. 그는 숟가락질 한 번에 밥을 먹었고, 총각김치나, 감자알을 먹었다. 조금 늦게 식당에 온 탓에 꽁치 조각은 없었는지 고개를 숙이고 가시를 발라내는 일들은 하지 않았다. 서인숙은 식판에 남은 한 조각 꽁치를 가져다 손무근의 식판에 놓아주고 싶다는 생각을 했다. 손무근은 주변에 시선을 돌려서 눈인사를 해가면서 열심히 먹었다. 먹는 중에 휴대폰 화면을 그어서 내용을 눌러 쳐다보기도 했다. 밥을 먹고 일을 해야 하는 사내의 부지런함이 녹아 있어서 그의 밥먹기는 건강해 보였다. 숟가락질 한 번에 젓가락질 두 번이 손무근의 밥먹기 패턴이었고, 어쩌면 그 절도 있는 먹기가 그의 생활 패턴이 아닌가 하고 서인숙은 짐작해 보았다. 저 남자의 생활 패턴에 끼어서 패턴의 결을 더듬어보고 싶다는 생각에 미치자 서인숙은 가슴으로 피가 빠르게 흐르는 것이 느껴졌다. 손무근은 작업복의 지퍼를 목젖 아래까지 올렸는데 밥과 찬을 삼킬 때, 지퍼 안쪽 목젖이 실팍하게 움직였다. 서인숙은 손으로 자신의 빈 목을 쓸어내렸다. 손무근의 어깨너머 유리창으로 갈매기 한 마리가 하늘과 바다의 경계를 지우며 날아갔다.

할머니들은 직원용 식당에서 점심을 먹지 않았다. 할머니들은 기본적으로 돈을 내고 밥을 사 먹는 생활양식에 발을 들여놓지 않았다. 할머니들에게 밥은 직접 해서 먹는 것이지 사서 먹는 것이 아니었다. 할머니들은 도시락을 배낭에 넣어 가지고 왔다. 밥은 저마다 챙겨왔고 반찬은 한 사람당 한 가지씩 가져와서 서너 명이 모이면 찬의 가짓수가 넉넉했다. 화톳불에 어묵이나 홍합을 담은 양은냄비를 걸어두고 할머니들은 그 옆에서 밥과 찬을 먹었다. 새벽에 싼 밥이 식어서 숟가락이 들어가기가 힘들었는데 화톳불에 걸린 어묵 국물에 말아서 먹었다. 할머니들은 먹을 때 군소리를 섞지 않았고 밥과 찬에만 집중했다. 국에 만 밥은 끈기가 없어서 입안에서 쌀 알갱이가 헛돌았고 살얼음 서린 총각김치를 끊어먹을 때, 어금니가 시려서 얼굴 한쪽이 무너졌다. 할머니들은 입을 오물거리며 부지런히 씹고 잘게 다져서 음식을 넘겼다. 그럴 때 할머니들의 얼굴에 붙어있는 근육은 모조리 입 부근으로 몰려들어서 잔주름이 빼곡하게 모여 있었다. 할머니들은 감자며 고구마며 생마늘을 은박지에 싸서 화톳불에 넣어두고 오후에 간식으로 먹었다.

― 어머니, 이것 좀 드세요.

서인숙은 할머니들을 어머니라고 불렀다. 서인숙의 나이는 할머니들에게 손녀딸 정도였지만, 오가는 모든 사람들은 아르바이트 할머니들을 모두 어머니라고 불렀다. 어머니라는 호칭은 나이를 따져 묻는 호칭이 아니고 굴까는 할머니들을 부르는 고유명사였다. 서인숙은 식당에서 가지고 나온 방울토마토를 은옥, 금옥 할머니에게 내밀었다.

– 아가, 니 묵지. 매번 이렇게 가지고 오나.

조은옥 할머니가 서인숙을 보며 말했다.

– 영양사 언니가 그러던데, 토마토에 비타민이 많아서 피부 노화방지에 좋대요.

– 하이고 마, 여기서 더 좋아질 피부가 있나 어디. 피부에는 멍게하고 굴이 오야 다 하모. 이리 줘봐라. 니 성의가 기특해서 라도 먹어 봐야지.

– 내일부터 기온이 많이 내려간대요. 내복 두껍게 껴입고 오세요.

– 안 그래도 하늘이 한 마장씩 내려쳐 지는 모양이 눈발도 날 릴 것 같다. 은옥, 금옥 할머니는 서인숙이 내민 방울토마토를 입속에 넣고 오물거렸다.

서인숙은 점심을 먹고 나면 종종 건물 1층의 해양생태전시관 에 가서 수족관에 있는 열대어를 들여다보았다. 칠성수산 건물 1층 좌측 공간에는 내방하는 고객들을 위한 전시관을 따로 갖 추고 있었다. (주)칠성의 창업주는 칠성수산의 정통성을 알리고 그룹의 모태가 되었던 지역발전에 기여하고 기업의 사회적 책 임에 앞장서 주기를 후계인 장남에게 일렀다. 장남은 선친의 유지를 받아 칠성재단을 설립하였고, 재단 명의의 장학기금을 매년 중고등학교에 전달했다. 통영시는 칠성재단을 비영리법인으로 지정하고 고유번호증을 발급했다. 그 무렵 칠성수산은 건물 증축작업과 동시에 내부공간을 리모델링했고 건물 1층에 해양생태전시관을 개설하였다. 일본 바이어들이 굴과 멍게의 품질을 확인하기 위해서 더러 칠성수산으로 오면 전시관에서 멍게와 굴의 생육과정 동영상을 보았고, 남해안 청정해역에서 자라는 굴과 멍게의 품질 우수성에 "이찌방"이라 말하고 엄지를 치켜들었다. 전시관은 1관과 2관으로 구분되어 있었는데, 1관은 굴과 멍게 그리고 각종 해초류의 생육과정을 표본화해서 벽면을 따라 배치했고, 2관은 프로젝트를 설치해서 남해안 바다 풍경과 칠성수산의 양식장을 동영상으로 찍어서 스크린에 상영했다. 열대어를 담은 소형수족관은 줄지어 1관 홀 중앙에 설치되어 있었다. 수족관 전면 하단에는 열대어의 학명과 원산지가 적혀있었다. 열대어는 스물네 종이었고 스물네 개의 이름을 지니고 있었다. 이름만큼 생소한 그것들은 물고기의 기능을 갖추고는 있었지만 물에서 살아야 될 이유가 있어 보이지는 않았다. 물속에서 살기에는 열대어는 색채와 외형이 요란했다. 겨울에 할머니들이 형형색색의 외투를 걸치고 칠성수산으로 오가듯이 열대어는 형형색색의 몸통으로 저마다 수족관 속에서 자리 잡고 있었다. 서인숙은 열대어 스물네 종의 이름과 본적지를 외울 수 없었다. 열대어는 모양과 색채가 달라서 저마다 특유의 고유함을 발산해 내었지만 서인숙의 눈에 비치는 열대어는 스물네 개의 이름을 가진 하나의 개체로 보였다. 그 스물네 개인 한 개체가 크기와 색깔별로 작은 수족관에 담겨져 있었는데 각각의 수족관 속에서 열대어는 움직임이 거의 없어서 모형 이파리 같았다. 인공 수초에 붙어서 형광색을 풍겨내는 열대어는 먹고 소화하고 배설하는 경로가 훤히 드러나는 투명한 몸으로 조명을 받았다. 서인숙이 열대어 먹이 알갱이를 낱알로 물 위에 띄우면 이파리 같았던 열대어가 주둥이를 벌려서 삼켰는데 행동이 느린 열대어들은 알갱이를 삼키지 못하고 빈 입질을 해댔다. 서인숙이 알갱이를 더 던져놓아도 처음에 못 먹은 열대어들은 다시 빈 입질이었다. 못 먹는 열대어를 먹이고 싶었으나 그럴 수가 없어서 목울대 안쪽이 간지러웠다.

  ─ 저 녀석들은 바닥에 가라앉은 것을 먹어요.
  손무근이 서인숙이 서 있는 곳으로 걸어오며 말했다.
  ─ 방금 준 먹이는 위쪽에 있는 놈들이 다 먹어버리거든요. 이것을 주면 아마 밑에 있는 녀석들도 먹을 수 있을 겁니다.
  손무근이 봉투에서 알갱이를 꺼내더니 수족관에 뿌렸다. 알갱이는 빠르게 수족관 아래로 가라앉았다. 아래쪽 고기들이 대가리를 모래에 박고 주둥이를 벌려서 먹었다. 손무근이 열대어 먹이가 든 봉투를 서인숙에게 내밀었다. 엉겁결에 봉투를 받으며 서인숙은 손무근의 손을 보았다. 밥을 먹을 때, 숟가락질 한 번과 젓가락질 두 번의 패턴을 가진 그 손이었다. 손가락이 길었고, 마디가 도드라져 있었다.

– 열대어를 키우기는 저도 처음입니다만, 어떤 녀석들은 수면 가까이에서 먹고, 어떤 녀석들은 중간층에서 먹죠. 또 어떤 녀석들은 밑바닥에 가라앉은 것을 먹기도 하죠. 다 같이 잡거해도 녀석들이 사는 공간은 정해져 있지요. 그 공간에서만 먹어요.

은옥, 금옥할머니의 손살 사이까지 파고든 굴 껍데기가 낸 생채기처럼 손무근 주임의 급여명세서에 찍히는 육만 원의 특근수당이 감당해 내야하는 잡일처럼 물고기도 물속에서 지정된 자리가 있었다. 그 지정된 자리에 먹이가 닿아야만 먹을 수 있었고 아가미를 벌려 호흡할 수 있었다. 나뭇잎 같은 외래종 열대어가 칠성수산 해양생태관까지 옮겨져 와서도 제 사는 층위에서만 먹을 수 있는 것이나 멍게와 굴이 파도와 조류에 꺼둘리며 양식줄에 매달려 커 나가는 것이나, 지방이나 서울 어디 궁벽한 고시학원에서 수업을 수강하는 고시생들이 오무라이스나 김밥을 씹으면서 수험서를 쳐다보는 일이나, 컨베이어벨트에 매달려 멍게 살을 포장하는 일이나, 멍게 살과 생굴을 거두고 다듬어 사방팔도로 보내서 온 국민을 먹이는 칠성수산의 일이나 정해져 버린 운명이 작동하는 방식은 매한가지였다. 그 방식은 그 자리에서 먹어야 살 수 있다는 사실이고 먹이가 오지 않거나 어디 중간 단계에서 훼손되면 그 자리에서 죽어야 한다는 사실이 골자였다. 애당초 설계서에 기초해서 흙이나 벽돌이 들어앉아야만 건물 꼴이 서듯이 삶의 토대가 정해지는 기본바탕을 손무근 주임은 말하고 있었다. 그 말이 영락없는지를 서인숙은 생각했는데 그 말은 고통스럽지만 유효해 보였다. 유효해 보여서 무서웠다.

 - 여기 있는 열대어는 담수어 좋이지요. 동남아와 아마존, 중앙아메리카에서 공수해온 종입니다.

 - 멀리서 왔군요.

칠성수산 멍게 포장작업장은 동쪽 벽과 서쪽 벽이 뚫려 있어서 거기로 컨베이어벨트가 세척장에서부터 길게 연결되어 부두에까지 뻗어 있었다. 멍게 포장작업장의 컨베이어벨트는 그 뻗어 나간 큰 줄기를 근간으로 건물 안쪽에서 작은 타원형으로 작업장을 한 바퀴 돌고는 다시 합쳐져서 부두로 연결되었다. 그러니까 직선의 컨베이어벨트가 세척장에서 부두까지 길게 이어지고 그 중간 부분에 타원형 컨베이어벨트가 하나 더 설치된 형태였다. 평소에 멍게를 포장할 때는 세척장에서 실려 온 멍게들이 작업장 내에서 타원형으로 빙빙 돌았고 멍게 포장하는 직원들이 둥글게 벨트 곁에 붙어 서서 세척된 멍게를 비닐팩에 넣었다. 그럴 때에는 부두 쪽으로 뻗어 가는 컨베이어벨트의 일부는 작동하지 않았다. 작동하지 않는 컨베이어벨트 쪽으로 시선을 두면 먼바다 양식장에서 멍게를 실어 나르는 FRP선이 부지런히 오갔다. 2.5톤짜리 FRP선은 칠성 1호부터 칠성 8호까지 일곱 척이었는데 4호는 처음부터 이름을 붙이지 않았다. 칠성수산 부두에서 칠성호 일곱 척의 배는 교대하며 부두를 드나들었다. 바다로 나갈 때 빈 배는 홀가분해서 스크루에서 휘감기는 물살이 가벼워 보였다. 바다의 속을 두들기면 바다는 깨어나는 것인지 한사코 배를 걸머메고는 먼 곳으로 갔다. 그럴 때, 바다는 거대하고 유순한 생명체 같았다. 얼마간 잠이 들었다가 스크루 휘감기는 소리에 깨어나서 묵묵히 일을 하기 위해 먼 곳으로 가는 운명의 짐을 짊어지고 있는 듯했다. 파도는 바다가 짊어진 운명의 짐에서 무시로 파문波紋을 새겼고 그 파문 속에서 멍게와 굴은 여물게 자랐다. 멍게양식장에서 양식 줄을 거두어서 부두로 돌아오는 배는 파도에 이물을 처박으며 왔는데 배는 갈 때와 올 때 꼬락서니가 달랐지만 바다는 오고가는 일이 모두 순했다. 바다가 오가는 공간으로 하루 종일 갈매기가 우짖었다.

멍게 포장작업장 서쪽으로는 내륙의 산자락에서 떨어져 나온 능선이 봉우리를 이루며 흘러와서 바다로 들어갔다. 봉우리들은 해발 200미터 정도 되는 높이로 고만고만했다. 서인숙이 고등학교 국사 시간에 충무공의 3대 대첩을 배울 때, 저 봉우리들에서 고성과 사천을 거쳐서 진주로 이어지는 불을 지폈고 배둔, 마산, 진해, 동래로 이어지는 불이 저 봉우리들에서 피어올랐으며 충무공이 통영과 거제 사이의 손바닥만 한 바다에서 적장의 머리와 적병의 코를 자를 때마다 승전보의 불길이 봉우리에서 올랐는데, 한산도 앞바다에서 학익진을 펼쳐서 적을 족칠적에도 봉우리에는 어김없이 불이 올랐고 그 불들이 낮고 트인산자락을 옮겨붙어서 한양 목멱산 봉수대에 일제히 집결할 때, 사직과 종묘를 걸머쥐고 쩔쩔매던 임금은 급기야 중국의 귓구멍 옆에까지 쫓겨 가서 간절하고 처참한 소리로 "헬프 미"를 외쳤다고 고등학교 국사 선생은 영어를 섞어가면서 말했다. "헬프 미"는 "헤엘 미"로 발음하는 것이 보다 미국적인 발음이라고도 말했다. 멍게 작업 도중 서쪽으로 눈길을 보내니, 노을이 핏빛으로 얼룩져 겨울 하늘은 처연했다. 해발 200미터 봉우리에서 피어오른 불길이 서울까지 번져가는 과정을 서인숙은 짐작해 보았는데 짐작해 본다고 짐작되어지는 것은 아니었다. 멍게가 붉은색을 뿜어내며 컨베이어벨트를 타고 오는 모양과 봉수대를 번져갔던 불길의 여정은 닮은 것이 아닌가 하는 생각도 해보았지만 그 일과 이 일이 같아 보이지는 않았다.

봉우리 아래로 세병관 기와지붕의 처마가 핏빛 하늘로 솟은모습이 보였다. "하늘의 은하수로 병장기를 닦아서 거둔다."라는 의미로 두보의 시 '세병마'에서 따서 쓴 글이라고 학교 다닐때 국어선생은 말했다. 서인숙은 역사선생이 아닌 국어선생이세병관의 의미를 가르치는 것이 의아했지만 그것이 시에서 따온 글자라는 말에 조금은 납득이 되기도 했다. 세병관은 수군 통제영 건물이었는데 피와 살을 도려서 적의 전의를 꺾어야 하는 통제사가 바람 잘 드는 건물에 서서 구상해 냈을 바다의 일과 임진년에서 무술년으로 건너가는 전쟁의 밑바닥을 견뎌낸 바다의 일은 멀고 섬뜩했다. 그 바다에서 굴이 여물고 멍게가 자라서 칠성수산으로 오는 그 뒤죽박죽을 서인숙은 생각했는데 생각은 언제나 밑도 끝도 없었다. 고등학교 국어선생은 한문도 함께 가르쳤는데 씻을 '洗' 자와 무기 '兵' 자를 칠판에 크게 써두고 기말고사 한문시험에 출제한다고 으름장을 놓았다. 서인숙은 세병이라고 외우고 끄적였던 기억은 있는데 그해 기말고사 한문시험 문제에 나왔는지는 기억나지 않았다. 세병관 처마 끄트머리에 핏빛이 사위면서 하늘은 저물어갔고 처마 끝을 따라서 청록색 등불이 파도무늬로 드리워졌다. 민흘림식이라는 목조 기둥들이 등불을 지키고 있었다.

손무근이 카트를 끌고 왔다.

― 원생이 24명이라고 하더군요. 24개를 다 포장해야 되는데, 여기선 50개 이상이 아니면 포장을 해주지 않아요. 포장하는 일은 영 자신이 없어서요. 인숙 씨 손을 좀 빌려야겠습니다. 대신 제가 맛있는 저녁을 사겠습니다.

퇴근 무렵에 손무근이 서인숙에게 부탁했다. 이틀 후 어린이집에서 해양생태관 견학 일정이 잡혀있는데 공장장 지시사항이

니 아이들에게 기념품을 선물하라고 생산부서장은 손무근에게
지시했다.

  — 남자아이들은 로봇으로 하면 될 것 같은데, 여자아이들은
어떤 것이 좋을지 도무지 어렵네요.

  — 글쎄요, 제가 어릴 적이랑은 또 다르니. 장난감 코너에서
보고 결정해야 될 것 같아요.

  — 아무래도 그렇겠죠?

손무근이 카트를 밀며 앞서갔다. 퇴근 시간이 지나서 그런지
대형마트에는 사람들이 붐볐다. 크리스마스트리에 장식된 전
구가 패턴을 달리하며 반짝이고 깜빡거렸다. 카트를 밀고 오가
는 사람들로 실내는 혼잡했고, 아이들이 엄마 손에서 떨어져 나
와 장난감코너로 몰려가서 이것저것 들여다보고 있었다. 진열
대 가득 아이들의 장난감 세상이 펼쳐졌고 자동차로 변신하는
로봇이 한쪽 진열대를 장악하고 있었다. 장난감은 가격별, 종
류별, 색깔별, 크기별, 제조회사별로 촘촘히 진열되어 있었다.
아이가 제 키 높이에 눈을 맞추고 로봇을 들고 아빠에게 통사정
을 하였고, 엄마는 로봇의 가격을 보고는 질겁해서 아이와 아빠
를 끌어내갔다.

  — 아이들 눈높이에 진열된 장난감이 제일 비싸네요.

  — 부모들이 힘들겠네요.

우린 뭘 사는 것이 좋을까요?

'우리'라는 말은 일인칭이었다. 말하는 이와 듣는 이를 포함

해서 하나의 테두리 안으로 몰아서 친밀감을 배가하는 말인데, 이 남자가 지금 이 말을 끄집어내서 무턱대고 나에게 말하는 것인가. 남자가 남자와 여자를 '우리' 라는 말로 묶을 때, 그 묶음의 의도와 방향은 무엇을 기약하는 것인가. 나를 확장해서 너에 닿을 때 그 범위가 연착륙할 수 있는 지점이 '우리' 가 되는 것이고 한 남자와 한 여자를 말로 포개서 '우리' 라고 할 때, 그 말의 최종 행선지는 어느 곳이어야 하는가. 굳이 끄집어내서 '우리' 라고 말하는 이 남자는 일인칭 대명사가 끌어당기는 구심력을 알고서 하는 말인가. 서인숙은 '우리' 라는 말의 중력과 어떤 결속력을 생각했다. '우리' 라고 말할 때에도 손무근의 목젖은 움직였다. 서인숙은 가슴이 빨라졌다.

　– 인숙 씨, 우리도 사야죠.
　– 아……. 네, 여자아이들 선물은 제가 고를게요.
　서인숙은 인형이 진열된 곳으로 재촉해서 갔다. 바로 옆 코너에서 신혼부부로 보이는 남녀가 유아용품을 고르고 있었다. 손무근이 카트 가득 로봇 장난감을 싣고 인형이 진열된 곳으로 왔다. 모양과 크기가 같은 동일 제품이었다. 서인숙은 점원을 불러 로봇과 인형을 진열품이 아닌 새것으로 교체해서 다음날 칠성수산으로 배달해 줄 것을 요청하고 카트에 쌓인 로봇을 다시 내렸다.
　– 이거 진땀을 뺄 뻔했습니다.

- 뒷수발 값도 가격에는 포함되어 있겠죠.

서인숙은 손무근의 서투름이 설핏 우스웠으나 과장되지 않은 서투름이 싫지 않았다. 이 남자의 삶의 패턴에 끼어들어 자신이 다듬어낼 수 있는 일들이 있을 것도 같아 보였다. 우리도 사야죠, 라고 했던 말을 속으로 되뇌면서 서인숙은 장난감 매대를 빠져 나왔다. 열대어가 진열된 곳에서 남자아이들이 수족관에 얼굴을 비비고 코를 누르며 구경을 하고 있었다.

- 열대어는 바다 냄새가 나지 않아서, 물고기 같지 않아 보여요.
- 무슨 단풍잎 같죠. 갯것들하고는 다르지요.

손무근의 말에서 서인숙은 갯것들은 변하지 않는다던, 할머니들의 말이 떠올랐다. 갯것들이라는 손무근의 말과 할머니들의 말은 내용이 달랐지만 바다에 기초한 삶에 대한 기본적인 집념이나 고집이 서려 있는 동일한 바탕의 어감으로 다가왔다. 물건 사기를 마치고 손무근은 법인카드로 계산하고 바른 글씨로 서명했다. 글씨가 선명했고 손마디의 움직임이 날렵했다. 계산대 옆에도 장난감이 진열되어 있어서 장난감 코너를 무사히 빠져나왔던 엄마는 기어이 아이에게 장난감을 사주어야만 했다. 아이는 좋아서 입을 벌렸고, 엄마는 한숨을 내쉬며 카드를 내밀었다.

임종이 임박했을 때 (주)칠성의 창업주는 후계자인 장남에게 지역발전과 기업의 사회적 책임을 말하면서 어린이를 위해서 기업이 해야 할 일들이 있을 것이니 서둘러 진행하라고 일렀다. 후계자인 장남이 해양생태관과 칠성재단을 설립하고 나서 맨 처음 한 일은 칠성어린이집을 건립한 것이었다. 부산, 통영, 해남, 영덕, 삼척에 차례로 칠성어린이집을 건립하였고 기초생활수급자, 차상위계층, 조손가정의 자녀들을 원생으로 우선 모집하는 조건으로 각 지자체에 기부 체납하였다. 칠성수산 해양생태관에 열대어종 수족관을 설치하자 유치원이나 어린이집에서 견학문의 요청이 빈번해졌고 공장장은 본사에 보고하고 승인을 얻어 해양생태관 견학에 관한 수용 입장을 시에 등록된 어린이집에 공문으로 발송했다. 공문은 관리부서 문서번호로 시행되었으나 기안행위와 소요예산만을 총무과에서 집행하고 현장은 특수하며 안전사고 등의 위험소지가 있으므로 현장주임이 안내와 수행을 하는 것으로 내부결재 처리되었다. 유치원과 어린이집 견학도우미는 특수근무 형태이므로 현장주임이 맡는 것이 맞다고 관리부서 주임들은 말했다. 손무근의 급여명세서에 찍히는 특근수당 육만 원에는 해양생태관 견학도 추가로 포함되었다.

이튿날, 오전에 경광등을 단 노란색 어린이집 버스가 도착했다. 선생님으로 보이는 여자 둘이 버스에서 먼저 내렸고, 주차장에서 기다리고 있던 손무근에게 인사했다. 아이들이 일렬로 버스에서 내렸다. 손무근은 아이들의 머리를 차례로 쓰다듬어

주며 두 여선생과 가벼운 눈인사를 나눴다. 아이들은 버스에서 내리자마자 동서남북으로 흩어지며 달아났다. 한 선생이 아이들의 팔을 잡고 외투를 잡아서 줄을 세웠고 다른 선생이 아이들에게 박수 치며 한 줄서기 한 줄서기, 여덟 글자를 따라하게 했다. 아이들은 한 줄서기, 한 줄서기를 발음하면서도 모든 신경을 사방으로 분산시켰다. 서인숙은 은옥, 금옥 할머니 곁에서 커피를 마시며 아이들의 움직임을 바라보았다.

— 병아리들이 견학 왔는가 보네.

은옥 할머니가 굴 까기를 잠시 멈추고 아이들 쪽을 쳐다보며 말했다.

— 하이고 저놈 보거라, 오지기 까불어 댄다. 피가 맑아서 가만히 있지를 못한다.

금옥 할머니도 아이들을 바라보며 미소를 머금었다.

어린이집 버스가 주차한 곳에서 건물 1층 해양생태관 입구까지는 느린 걸음으로도 십여 초면 도달할 수 있는 거리였다. 아이들은 십여 초의 거리를 견디지 못했고 한 줄서기는 좀처럼 작동하지 않았다. 여자 선생들은 아이들의 시선을 붙들고 행동을 통제하느라 입놀림, 손놀림, 몸놀림이 빨랐다. 아이들의 줄서기는 고무줄처럼 줄었다 늘었다 했고 비틀리고 끊어졌다. 그럴 때마다 여자 선생들은 곤혹을 치렀다. 한 줄서기가 끊어지고 늘어질 때마다, 아이들의 웃음소리가 칠성수산 작업장 구석구석을 건너다녔다. 아이들의 웃음은 자지러지면서 동시다발적으로 퍼졌다. 아이들에게 웃는 일은 숨 쉬는 일처럼 당연하고 당당해 보였다. 한 아이가 웃으면 다른 아이가 덩달아 웃고 다른 아이가 웃으면 부근이 모두 웃어서 아이들의 웃음은 봄꽃처럼 여기저기서 터졌다. 웃음소리는 멍게 작업장과 굴 박신장을 간질이며 나아갔고 웃음이 휘돌아 나간 자리에 웃음꽃 잎이 떨어져 내렸다. 굴까는 할머니들은 아이들의 웃음소리를 들으며 마른 얼굴에 눈주름을 지었다.

손무근은 아이들에게 열대어의 이름과 원산지와 행동과 먹이 습성을 설명했다. 아이들은 수족관에 붙어서 나름대로 골똘히 쳐다보기도 하고, 수족관 유리에 코와 입을 부비기도 했다. 거피라는 열대어는 중앙아메리카에 서식하는 민물고기이며 색이 화려하고 꼬리에 치마를 달고 있는 모양새였다. 흔히 구피라고 부르며 암컷이 수컷보다 몸통이 컸다. 손무근이 거피를 설명하는 도중에 이 말을 듣고 남자아이들이 여자가 남자보다 클 수는 없다고 오기를 드러냈다. 여자아이들도 질세라 암컷이 수컷보다 힘센 곤충이 많다고 아우성을 쳤다. 아이들은 속사포처럼 말했다. 손무근은 간신히 설명을 이어나갔다. 열대어에 대한 아이들의 관심은 빠르게 식었다. 아이들은 해양생태관 구석구석을 돌아다니며 각자 놀았고 또 뭉쳐서 놀았다. 뭉쳐서 놀아도 아이들은 개별적인 패턴을 유지하며 놀았고, 시선에 걸려던 물건을 저마다의 상상력으로 해석했다. 멍게의 발달을 담은 표본 병을 보고 - 야 일루 와봐. 도깨비 대가리야, 하고 소리쳤고. - 저게 머에요? 라고 물어서 멍게라고 답을 하면, - 멍개래, 멍멍 개래 개, 하면서 쑤군댔다. 한 아이가 웃으면 그 근방이 웃고 이내 모두 웃었다. 여선생들은 무안해 하며 - 나쁜 말 하는 어린이는 산타할아버지께서 선물 안 주시는 것 알죠, 하며 아이들을 다루었다. 유리창으로 햇살이 파도의 무늬를 데리고 와서 벽면에서 어른거리고 있었다.

해양생태관 견학은 삼십 분 정도 소요되었다. 삼십 분 동안 두 명의 여선생은 아이들이 혹시라도 물건을 파손하지 않을까 전전긍긍했다. 손무근은 삼십 분이 세 시간처럼 느껴졌고 어린이집 여선생들이 아이들을 통솔해 내는 공정이 위대해 보였다. 장갑을 끼지 못하는 아이에게 여선생이 장갑을 끼워 주었고, 비니 모자를 눌러 쓴 아이의 모자를 들어 올려 머리카락을 다듬어 주었다. 해양생태관을 나올 때에도 아이들의 한 줄은 탄력적으로 비틀렸다.

 - 병아리들이 나오나 보네.

할머니들이 소란스러운 건물 입구 쪽으로 눈길을 두며 말했다. 쏟아지는 구슬처럼 입구에서부터 아이들은 튕겨져 나왔다. 붉은 패딩을 걸친 한 아이는 할머니들이 굴을 까는 근처에까지 와서 막대사탕을 물고 호기심을 드러냈다.

― 뭐예요, 이건?

― 굴이지.

― 구름으로 만들었어요? 구운 구름 같아요.

― 그래, 니 말도 맞네. 바다에서 커는 구름이다. 니는 몇 살이고?

은옥 할머니가 굴까는 칼을 내려놓으며 물었다.

― 여섯 살이요. 아이가 사탕을 입에 물고 한 손을 모두 펴고 저쪽 손으로 한 손가락을 들어 보였다. 장갑이 두툼해서 손가락을 펴기가 어려워 보였다.

― 니는 참 똘똘하게 생겼네. 이리 와 보거라. 할머니가 사탕 주마.

은옥 할머니가 허리를 펴고 일어나 주머니에서 사탕을 꺼내서 내밀었다. 아이는 사탕을 받더니 또래들 쪽으로 뛰어갔다. 여자 선생이 호루라기를 불어도 아이들은 건물 뜨락을 쏘다녔다. 바람이 차서 아이들의 볼에 홍조가 돋았다. 어린이집 버스가 출발하기 전에, 손무근은 포장한 장난감을 하나씩 아이들에게 건넸다. 여자 선생님이 아이들에게 ― 고맙습니다, 라고 일러서 아이들은 한꺼번에 ― 고맙습니다, 라고 따라 말했다. 손무근은 손을 흔들어 아이들을 배웅했고, 창문 안쪽에서 아이들이 주먹손으로 차장을 두드리고 손바닥을 펴서 흔들었다. 경비원이 정문을 개방하고 거수경례를 올려붙였다. 서인숙은 멍게 살을 포장하면서 떠나가는 어린이집 버스와 손을 흔드는 손무근을 번

갈아 보았다. 손무근은 버스가 시야에서 벗어날 때까지 한 자리
에 서서 손을 흔들고 있었다. 저 멀리 산등성이에 햇살이 닿아
서 겨울 산의 속살이 환했다. 세병관 지붕에 얹힌 어처구니들이
햇빛에 번쩍거렸다. 점심시간이 가까워서 식당입구에 부두 노
역자들이 마른기침을 하고 담배를 태웠다.

  봄비가 그치자 빈 나무마다 꽃이 열렸다. 남해안에서 봄꽃은
전령처럼 날랬다. 봄에 꽃들은 이파리보다 먼저 피어났고 향기
보다 빨리 번졌다. 남해안에서 봄꽃이 피면 천지간에 봄 사태가
위태로웠다. 내륙에 꽃이 피면 바다는 파도의 날을 세우지 못
했다. 차갑고 탱탱하게 치대던 파도는 보드라운 햇살에 순해져
서 결이 고왔다. 굴과 멍게는 차가운 파도의 거센 파문을 육질
에 아로새기면서 성장하는데 남해안 봄 바다에서 파도는 무늬
를 제대로 찍지 못했다. 봄꽃이 열리면, 굴과 멍게 작업은 한물
걷혔다. 출하량이 줄어들었고, 출하되는 것들도 속살이 허물어
졌다. 봄에 꽃이 피면 할머니들의 아르바이트도 끝이 났다. 멍
게 작업은 여름 입구에까지 이어지고 다시 가을이면 성수기가
돌아서 서인숙은 계약 연장되었다. 할머니들은 벚꽃이 만개했
을 때, 칠성수산을 떠났다. 할머니들이 떠날 때, 생산부서장은
참치 세트를 한 상자씩 마련했고, 손무근이 할머니들의 손에 일
일이 잡혀 주었다. 생산부서장은 할머니들의 건강을 당부하고,
늦가을에 지역신문에 공고하면 다시 와서 굴을 까달라고 부탁

했다. 직원 전용버스를 운행해서 마지막 가시는 길을 배웅하도록 공장장님이 허락했다며 모두들 안녕히 가시라고 생산부서장은 구십도 허리를 굽혀 인사했다. 할머니들은 손무근의 손을 잡고 젊은 사람이 참하다며 어깨며 등을 다독였고 서로를 부둥켜안고 가을에 다시 보자면서 칠성수산 직원 전용버스에 올랐다.

고향의 경우

모든 체험이 체험으로서 지위를 확보하는 것은 그 체험 이후에 삶 속에서 언어나 행위의 전환을 예비해주기 때문이다. 체험은 그래서, 삶의 연속성이라는 조건 위에서만 가치를 지니는 것이다. 삶의 연속성이라는 말은 인류사적인 범위여서 개인의 체험은 개인의 존재 여부를 초월해서 인류의 역사에 편입되어 축적된다. 죽음은 개인의 체험이라는 실체를 지니는 것처럼 보이지만 체험의 미덕이 되는 삶의 연속성이라는 바탕 조건을 파괴하므로 체험으로 성립될 수는 없어 보인다. 죽음은 살아가는 일을 파괴하는 조건으로 성립되니 체험도, 체득도 그 무엇도 아니다. 죽음은 개별적으로 경험하되 경험 이후 인류사에 들어박혀 구시렁거리지 않으며 최초의 경험을 끝으로 이 세상과 아무런 연을 만들지 않는다. 누군가의 죽음이라는 사건은 누군가의 죽음과 더불어 죽는다.

5년 전에 아버지는 갑상선암을 진단받았다. 종양의 분포도가 넓어서 두 차례에 걸쳐 제거 수술을 받았다. 올해 3월에 갑상선암이 재발했고 폐에서도 암이 자란 것으로 확인되었다. 폐암 말기였다. 5년 전에 진단되고 제거된 갑상선에서 다시 자란 종양들이 목의 안쪽을 타고 내려가서 폐에서 극성으로 자라났다. 폐에서 번진 종양들은 다발성이어서 제거수술을 받을 수 없다고 의사는 말했다.

  - 갑상선 쪽은 비교적 위험하지 않습니다. 평생을 더불어 살 수 있을 만하지요.

  의사는 아버지의 목에 생긴 종양은 쳐다보지도 않고 말했다. 갑상선에서 발현한 종양은 아버지의 목울대 옆에서 피부의 바깥을 향해서 뾰족하게 돋아났다. 그것은 목의 안쪽에서 목의 바깥쪽을 갈구하듯이 자랐는데, 무슨 성기처럼 솟아올라 있었다.

  - 문제는……. 렁lung 쪽인데, 갑상선에서 전이된 것인지 폐에서 자생한 것인지는 정밀검사를 해 보아야 합니다. 그러나 지금에 와서 전이가 되었든 자생이든 그것은 중요하지 않고, 어쨌든 폐에서 종양이 크게 자랐다는 것입니다. 고통이 상당했을 텐데……. 크기와 다발성으로 보아 4기입니다.

  아버지의 몸을 열어서 아버지의 폐를 볼 수는 없었다. CT 기계가 아버지의 몸의 안쪽을 스캐닝했고 의사는 컴퓨터 화면에 비친 흑백의 대조를 읽어서 종양의 크기와 성질과 강도를 말했다. CT와 의학지식으로 해독되는 말들을 나는 적듯이 들었다.

  - CT 결과를 보시면, 하얗게 보이는 부분들이 모두 종양으로 보입니다.

  의사는 마우스를 클릭해서 폐의 윤곽을 그렸고, 마우스가 움직일 때마다 폐는 모양을 달리하면서 화면에 출력되었는데 출력된 화면을 나는 판독할 수 없었다.

- 이렇게 하얗게 다발이 진 모양이 모₤ 종양으로 의심됩니다. 그리고 이 부분…….

마우스 포인트가 대각선을 그으며 아래로 내려갔다.

- ……이, 제 2종양 이고…….

마우스 포인트가 폐의 전면에 원을 그었다.

- 이것들이 다발성으로 퍼지고 있는 신생 종양들입니다. 여기…….

의사는 화면의 끝 부분을 가리켰다.

- ……가 리버liver의 윗부분인데 따로 촬영하지는 않았지만 이곳에도 전이된 것으로 보여 집니다.

의사가 간의 윗부분이라고 말한 곳에도 좁쌀 크기의 하얀 점들이 산발해 있었다.

- 이 정도의 증상이라면, 간뿐만 아니라 척수까지 뻗쳤다고 봐야 됩니다.

- 방법은……. 없겠습니까?

- 없다고 보셔야 됩니다. 몸을 열어서 떼어낼 수 있는 크기가 아니니까요. 무책임하게 들리겠지만 항암치료도 무의미합니다. 갑상선에도 종양이 크고 있으니 방사선 동위원소 치료를 병행해야 되고, 환자분의 고통만 가중되고 기적이 일어나지 않는 한 결과적으로 달라질 것은 없습니다. 물론 제 소견일 뿐입니다. 모든 암은 예상과 진행방향을 정확히 예단하기는 어렵지만, 환자분의 경우 6개월 정도로 생각하셔야 될 것 같습니다.

6개월이 지났다. 그동안 벚꽃이 화려하게 졌고, 긴 장마가 그쳤고, 큰 바람이 두어 차례 지나갔다. 그러는 동안에 아버지는 서울의 대학병원에서 지방의 대학병원으로 입원실을 옮겼고, 다시 얼마 후 고향의 작은 병실로 옮겨왔다. 고향으로 올 때, 나는 5일간의 연차휴가를 신청하고 앰뷸런스를 불러서 아버지와 함께 왔다. 고향에 가까워질수록 아버지의 의식은 한 꺼풀씩 떨어져 나갔다. 아버지는 헛것들을 불러서 무어라 말하고는 이내 잠들었다. 잠에서 깨어나면 다시 헛것들이 오는 것인지 아버지는 눈을 멀뚱거리고는 빈 공간을 맥없이 바라보았다. 그 빈 공간의 한쪽 구석에 자식인 나는 덩그러니 앉아만 있었다. 앰뷸런스는 경광등 소리를 앞세워 정속 주행하는 차량들을 윽박지르며 사납게 달렸다. 윽박질러도, 간절하지 않은 차량들은 제 속도감으로 나아가고 있었다.

고향의 병원에서 아버지는 4인실에 입원했다. 양측 벽면을 따라 침상이 나란히 간격을 두어 배치되었고, 사이사이에 보호자용 간이침상과 환자용 캐비닛이 놓여있었다. 병실에는 두 명의 환자가 입원해 있었다. 아버지는 창가 쪽에 있는 심박동 체크기와 산소호흡기가 비치된 침상을 배정받았다. 간호사 두 명이 붙어서 침상의 시트를 바로 하고 산소호흡기의 산소농도를 맞추고 심박동 체크기의 연결선을 아버지의 가슴에 붙였다. 침상 끝에 아버지의 이름과 나이가 적힌 명패가 걸렸다. 명패의 정중앙에는 바코드가 찍혀있었다. 맞은편 침상에서 병을 간호하는 할머니가 안쓰러운 눈짓으로 건너다보고 있었다. 나는 간단한 목례를 하고 할머니 옆에 누워있는 할아버지를 보았다. 명패에 찍힌 나이를 보니, 아버지보다 두 살이 위였다. 할아버지는 침상을 45도 정도 올려세우고 기대어 앉아있었다. 할머니는 할아버지의 손을 만지작거리며 내 쪽을 가만히 보고 있었다. 할아버지의 옆에는 젊은 사람이 머리를 고정시키는 의료 기구를 쓰고 반듯하게 누워있었는데 그의 왼쪽 다리에도 비슷한 도구가 채워져 있었다. 아버지의 옆 침상은 비어있어서 나는 빈 침상에 엉덩이를 걸치고 앉았다. 창문 너머로 건물들의 모퉁이가 보였고 모퉁이와 모퉁이 사이에 바다의 풍경이 들어차 있었다. 통발을 매단 어선이 기울어진 채 바다로 나아가고 있었다.

아야, 아야, 아야……. 아, 아, 아…….

간호사의 이마에서 식은땀이 흘렀다. 긴 투병생활은 사람의 몸을 폐사 직전까지 몰아세웠다. 피부는 빛을 받지 못해서 허옇게 시들어갔고, 호흡은 나무와 풀의 기운을 들이마시지 못해서 거칠어졌으며, 땅의 단단함을 딛지 못한 팔과 다리는 마른 고목처럼 푸석해졌다. 독한 약이 골수까지 퍼져서 온몸의 세포는 작은 접촉에도 기겁해서 오므라들었다. 피는 겨우겨우 흘러서 몸의 냉기를 데우지 못했고, 혈관은 수축해서 바늘 끝이 들어앉기가 힘겨웠다. 6개월 동안의 투병은 아버지의 몸을 낱낱이 발라내었다.

아야, 아야, 아야······. 아, 아, 아······.

주삿바늘이 들어갈 때마다 아버지는 바르르 몸을 떨며 신음했다. 간호사가 쩔쩔맸다. 발목에서도 혈관을 찾지 못하자 수간호사가 입실해서 대퇴부에 링거주사를 꽂았고 링거액 조절밸브를 돌려서 투하되는 수액 방울의 간격을 조절했다.

– 아이고 욕봤십니다, 아저씨······.

건너편 할머니가 아버지의 발등을 조심스럽게 만져주면서 말했다. 나는 아버지를 반듯하게 눕히고 베개를 가지런하게 놓았다. 아버지는 고개를 창 쪽으로 돌리고 눈을 감았다. 고통에 역정조차 낼 수 없는 아버지의 몸이 눈물을 밀어내었는지 속눈썹이 빠진 아버지의 눈꼬리에 눈물이 번져 있었다. 나는 아버지의 등을 쓸어 주었다. 마음의 안쪽이 답답하게 조여왔다.

– 아버지, 마트에서 물 좀 사오겠습니다. 나는 아버지의 귓전에 대고 말했다.

아버지는 말이 없었는데 내가 누구인지 왜 자신의 옆에 붙어 있는지를 가끔 의아해했다.

– 댕기 오이소, 내가 요서 봐 드리께예.

– 아······. 네, 고맙습니다. 빨리 다녀오겠습니다.

– 어언지예, 찬차이 댕기 오이소.

병원 지하 편의점에서 나는 물과 물티슈와 데워먹는 밥과 음료수와 칫솔, 면도기 등을 사서 병실로 올라갔다. 병실 입구에 사람들이 몰려 우왕좌왕하고 있었다. 나는 사람들 사이를 비집고 병실 문 앞으로 바쁘게 이동했다. 해거름이 창에서 어른거렸는데 아버지의 침상에 아버지가 없었다. 나는 급하게 침상 쪽으로 뛰어갔다. 아버지가 침상 아래에 엎드린 채 웅크려있는 모습이 보였다.

– 아버지!

내가 막 달려가려는 순간 아버지가 일어나는 모습이 보였다. 나는 놀라서 걸음을 멈추었다.

＊

〈경축! 영운의 자랑 영운의 영광, 송재중 서울대학교 법대 합격, 영운 국민학교, 중학교 총동창회 일동〉

영운리 마을에 현수막이 걸렸다. 영운리에 송 씨 집성촌이 형성된 이래 이만한 경사가 없다며 동네 사람들이 이구동성 입을 모았다. 고개 너머 시청에서 시장이 축하의 뜻으로 장학금을 보내왔다. 예비 법조인의 배출을 미리 감축이라도 하는지 각 행정관서장의 격려 전화가 빗발쳤다. 동네 사람들이 꽹과리와 징을 치며 마을을 돌아다니고 춤사위를 넣었다. 소와 돼지를 잡고 술도가에서 막걸리를 실어내었다. 동네 어르신들은 송 씨의 본과 파를 펼쳐놓고 벼슬한 사람의 이름을 하나하나 열거해서 출세의 서열을 거론했다. 시조 이래 가장 출세한 인물들을 손가락을 접어가며 호명했는데, 엄지손가락을 접어서 파의 시조되는 송 아무개를 꼽고, 검지, 중지, 약지를 연이어 접어가면서 벼슬자 리와 조상의 이름을 말했다. 어르신들은 약지를 접으면서 송재 중을 박아 넣었다. 영운리 송 씨 집성촌 출세 서열 4위였다. 송 재중은 서울대 법대를 졸업하던 해에 사법고시를 통과했다. 송 재중은 아버지, 어머니께 절하고, 동네어른들에게 인사를 올렸 다. 어머니는 가슴이 벅차올라 아들의 등을 어루만지며, "욕봤 다, 내 새끼." 하며 울었고 아버지는, "장하다." 말하고 마당귀 에 서서 담배 연기를 깊게 들이마셨다. 수국이 푸른 하늘색으로 피어있었고, 바람이 집 마당을 돌아서 나가 바다내음이 마당에 잔잔하게 깔리었다.

　- 혈당 수치가 250까지 올라갔습니다. 인슐린 주사는 가지고 있나요?

간호사가 혈당 체크기를 들여다보고는 급하게 말했다.

　- 네, 가지고 있습니다.

　- 이걸 보시고, 매일 한 번 순번대로 인슐린을 투여해야 해요.

나는 간호사가 내미는 종이를 받아서 쳐다보았다. 건넨 종이 에 사람의 모습이 윤곽으로 그려져 있었고 복부 우측에서 1번부 터 번호가 쓰여 있었다.

　- 아버님은 잘 아실 텐데, 지금은 거의 의식이 없으니 아드님 께서 하셔야 할 것 같습니다. 혈압이 낮아서 혈압약을 투여했

고, 모르핀 수액의 강도를 4배로 높였습니다.

간호사는 주사도구를 챙기고 주사 솜을 따로 분리해서 스테인리스 통에 담아서 나갔다.

— 저기 마약입니데이, 저기 없시모 아파서 몬 삽니다. 4개 들어갈 정도모 아저씨가 어디가 탈이 나도 크기 났나봐 예? 이를 우짜노. 우리 아저씨보다 나이도 아랜데…….

— 네……. 폐암 말기라서…….

— 하이고 우짜노 아직 창창할 나인데…….

할머니가 아버지 침상의 시트를 손바닥으로 쓸어내리며 말했다. 종이에 쓰여 있는 번호는 32번까지였다. 아버지의 복부는 32분할되어 매일 인슐린 주사를 받았었나 보았다. 나는 잠든 아버지의 환자복을 들추어 아버지의 복부 1번에 인슐린 주사를 눌렀다. 복부 1번에 붉게 자국이 찍혔다. 남아 있는 생을 셈하며 그렇게 일수 도장을 받듯이 아버지는 하루에 한 번 복부에 주사를 놓았을 것이다. 아버지는 의식이 없는 채로 손가락에 경련을 일으켰다. 창문 너머로 어선들이 출항했다. 갈매기가 낮게 내려와 출항하는 어선들의 꽁무니를 따라갔다. 갈매기는 한 번의 날개 짓과 한 번의 끼룩 울음으로 바람의 결을 탔다. 장어통발을 가득 매단 어선들은 흘수선이 높아져서 배는 바다에 파묻힌 채로 나아갔다. 허연 파도들이 스크루에 감겨서 뒤채였다. 출어하는 배들은 목표가 분명해서 당당해 보였다.

- 식사는 우짤랍니까? 우리는 공깃밥을 추가해서 영감님이랑 내랑 같이 묵거든요.

　- 아……. 네……. 아버지가 못 드시니…….

　- 지금 식사를 시키모 보호자용이 따로 나오거든예. 그리하이소. 시키드리까?

　할머니가 나의 끼니를 걱정했다. 시간을 보니 오후 4시였다.

　- 그건 어떻게 하는건지…….

　- 하, 그라모, 그리하이소, 요기 밥이 병원 밥 치고는 갠찮아예. 내가 간호사한테 말하께예.

　- 아……. 아니……. 제가 말하겠습니다.

　- 고마 됐십니다. 내가 면면하지. 내 그리 이르고 오께예.

　할머니는 손을 저어서 나를 말리고는 병실 밖으로 나갔다.

　- 어르신은 어디가 편찮으신지…….

　나는 나를 멀뚱히 보고 있는 할아버지에게 말을 건넸다.

　- 불편한 데는 없고, 가끔 이리 입원을 하구먼. 자네도 내 나이 되면 알게 되지. 젊었을 땐 사는기 바빠서 사는 거 자체가 아프다는 것을 잘 모린다. 살다보면, 다리도 아푸고, 맘도 고마 수시로 아푸다 아이가.

　- 그렇지요. 제가 보기에 어르신은 건강해 보이십니다. 안색도 붉고 연세보다 훨씬 젊어 보이십니다.

　- 그런가, 허허 말이라도 고맙다.

할아버지가 사람 좋은 얼굴로 웃었다.

– 옆에 분은 위중해 보입니다. 사고가 있었나 봅니다.

– 안됐제. 젊은 사람이. 차사고가 났다 카드라. 옆에 탄 사람은 죽었고, 이 양반은 그래도 수술이 잘돼서 생명에는 지장이 없다고는 하드라만, 그 안사람이 고생이 많더라고. 아들이 둘 다 쪼매한데 그것들 데리고 입히고 유치원 보내고 또 일도 하고, 밤에 남편 보러 오는데 아들 맽길 데가 없어서 두 놈을 데리고 온다 아이가. 요 와도 아들 때매 오래도 몬 있는다. 얼굴만 쳐다보고 간다 아이가.

할머니가 병실로 들어왔다.

– 말했십니다. 저녁부터 식사가 나오낍니다예.

– 아……. 네……. 고맙습니다.

– 병은 의사가 고친다 해도 반이 정성이라고, 산 사람이 편해야 그 정성도 나옵니데이. 함부래 맘 단단히 잡수이소.

할머니는 젊은 사람 곁으로 가더니 젊은 사람의 발을 주물렀다.

– 아이고, 젊은 사람이…….

할머니는 안타까운 신음으로 젊은 사람의 발을 만지고 주무르고 쓸어 주었다.

아버지는 서울에서부터 대소변을 어려워했다. 다리에 힘이 풀려서 걷기가 힘들었는데도 기저귀를 외면했다. 몸이 무너져 내리는 속도에 비해 정신의 속도는 더뎌서 아버지는 대소변 눌

자리를 잊지 않았다. 아버지는 대변을 자주 원했는데 간신히 어깨로 부축해서 화장실에 가면 대부분 대변을 보지 못하고 다시 침상으로 돌아왔다. 서울에서 간병했던 아주머니는 이것을 버거워했다.

- 영감님이 기저귀를 안 하시면 간병하는 사람이 너무 힘이 들어요. 하루에 10번 이상 화장실에 가서 매번 그냥 돌아와요. 다리에 힘이 없으니 여자 몸으로 부축이 어렵구요.

내가 병원에 들르는 날이면 간병인은 한숨을 내쉬며 말했었다.

나는 간병인을 자주 바꿔드렸는데, 바뀐 간병인도 아버지의 대소변을 버거워했다. 지방대학병원에서 아버지는 침상에서 소변을 보았는데, 여전히 대변 눌 자리는 따로 찾았다. 종양이 온몸으로 확산되어 아버지의 통증은 전방위였다. 아버지의 통증은 아버지의 몸의 여기저기를 옮겨 다녔다. 통증이 배에 머물 때, 아버지는 간병인을 겨우 불러서 화장실로 부축을 원했다. 간병인은 대변을 보지 못하고 다시 침상으로 돌아오는 아버지의 귓속에 대고 조용히 말을 했다.

- 미친 영감아……. 미치면 곱게 미쳐라……. 배가 아픈 것이 아니고 암이다. 암.

아버지는 간병인 아주머니에게 대들 수 없었다. 아버지는 침상에서 겨우 몸을 돌려서 울었다. 울어도, 아버지는 울어지지 않았다. 내가 병원에 가면 아버지는 배를 만지며,

- 이사하게 대벼이 아 되다. 크이리다.

아버지는 받침자를 붙이지 못하고 울듯이 말했다.

— 그렇지요 아버지……. 대변이 안 되지요……. 큰일 아니에
요, 나중에 드시고 하면 잘될 겁니다. 편하게 옷에 하셔도 됩니
다. 제가 옷 깨끗한 것으로 바꿔드릴 테니까, 걱정 마세요. 아
버지.

내 말에 아버지는 머리를 주억이고 다시 눈을 감았다.

아버지의 소변을 받을 때, 나는 긴 호리병 같은 오줌통을 아
버지의 성기에 댔다. 아버지는 오줌을 밀어내는 것이 힘들어서
나는 아버지의 엉덩이를 토닥여 드렸다. 아버지의 성기는 남성
을 잃어서 아무런 정욕 없이 편안해 보였다. 성적인 욕망이 잦
아든 아버지의 성기에서 오줌이 소리 없이 비어져 나왔다. 플
라스틱 오줌통에 모인 아버지의 오줌은 황갈색이었는데 거기에
서 거품이 일었고 몸을 통과해서 나온 링거수액 냄새가 올라왔
다. 간호사가 오줌통에 받힌 소변의 양과 색깔을 차트에 기록했
고 혈당수치와 혈압을 적어두었다. 간호사가 차트에 적어둔 기
록들이 임상적으로 어떤 소용 가치로 치료행위에 적용될지, 적
용해서 진료의 방향을 맞추어 나갈 수 있을지를 나는 묻지 않았
다. 회사에서 1년마다 정기적으로 시행하는 건강검진을 나는
자주 건너뛰었다. 키를 재고 시력을 측정하고 체중을 보고 청력
의 예민도를 따져서 몸의 이상 여부를 알아내려는 의도를 모르
는 바 아니지만, 몸의 이상 여부가 그런 것들에서 모습을 드러

내어 줄지를 나는 확신할 수 없었다. 확신할 수 있더라도 그 확신 속에서 내 몸이 헤어 나올 방법이 있을지를, 몸의 내막을 가늠해내는 일들이 세상에 존재하는지 나는 도무지 확신이 서지 않았다. 아버지의 소변량은 100CC가 채 안 되었다.

　내가 필요한 몇 가지를 사러 편의점으로 나갔을 때, 아버지는 나를 찾았다. 아버지는 홀로 겨우 일어나서 링거 거치대를 밀어서 한 발을 움직여 화장실로 향했다. 두 발짝 앞으로 나갈 때 링거 거치대 바퀴가 밀려서 아버지는 앞으로 고꾸라졌다. 주삿바늘이 살을 찢었고 링거 관을 타고 붉은 피가 번졌다. 건너편 침상의 할아버지와 할머니가 심전도 검사를 받고 돌아오는 길에서 쓰러진 아버지를 보았다. 할머니가 놀라 뛰어와서 아버지를 일으켰다. 지나가던 환자들이 병실 입구에 서서 이것을 지켜보았다. 아버지의 몸이 늘어져서 할머니는 이를 악물어야 했다.
　- 잠깐 비운 사이에 이리 됐지예. 하이고 미안십니다.
　할머니는 간호할 책무라도 진 듯이 무척 미안해했다.
　- 아니, 별말씀을요. 이렇게 도와주셔서 너무 감사합니다.
　- 돕기는 요. 큰일 날 뻔 했지예. 주삿바늘 새로 잡아야 겠네예. 아저씨 바지도 갈아 입혀야 겠어예. 놀랐는지 소피를 보셨네예. 내 간호사한테 댕기 와야겠네.
　할머니는 그 길로 간호사실로 향했다. 나는 수건에 물을 적셔서 아버지의 아래를 닦았다. 아버지의 허벅지는 솔아서 바람 빠진 풍선처럼 쪼그라져 있었다. 살이 늘어져 간신히 들러붙은 허벅지는 견디어 온 지난 세월의 하중을 모조리 부정하고 있는 듯 보였다. 오래 누워있는 아버지는 살이 짓물러 사타구니 안쪽으로 욕창이 잡혀있었는데 거기서 견디기 힘든 냄새가 났다.

병원 복도로 밥차가 바퀴를 굴러서 각 병실을 점호했다. 옥외에서 햇빛을 쏘이던 환자도, 휴게실에서 텔레비전을 보던 환자도, 옥상에서 담배를 피우며 희희낙락거리던 환자도, 밥시간에 맞춰 병실로 돌아와서 침상에 식탁을 올려 사열하듯 밥차를 쳐다보았다. 병원의 밥시간은 종교의식처럼 거룩했고 엄숙했는데 마치 생명수 세례를 받는 양 은총의 시간이었다. 할머니가 간호사에게 말해서 저녁부터 들여보내온 병원 밥을 나는 빈 침상의 모퉁이에서 받았다. 은빛 스테인리스 종지 6개였다. 뚜껑 달린 스테인리스 종지는 차가워 보였고 형광등 불빛을 받아서 반짝거렸다. 나는 뚜껑을 열기가 머쓱했다.

— 수저가 없지예?

할머니가 나무젓가락과 일회용 숟가락을 가져다주었다.

— 이것도 함 자시보이소. 병원 반찬이란 게 싱그브스⋯⋯.

할머니는 종지 뚜껑 위에 깻잎장아찌와 멸치볶음을 올려서 내 식판에 놓았다.

— 이거 매번 이렇게⋯⋯. 감사합니다.

할머니와 할아버지는 침상의 식탁에서 얼굴을 마주 보고 밥을 먹었다. 할아버지는 환자용 캐비닛에서 생수병을 내더니 컵에 부어서 한 모금 마시고 멸치를 씹었다. 나중에 나는 알게 되었는데, 생수병에 든 것은 물이 아니고 소주였다. 할아버지는 조석으로 생수병을 열어 한 모금 마시고 김치나 멸치를 씹었다. 할머니는 할아버지를 말리지 않았고, 깻잎장아찌를 손으로 뜯어서 할아버지의 입 안에 넣어 주었다. 나는 종지들의 뚜껑을 하나씩 열고 밥을 먹었다. 아버지의 링거에서 수액이 고드름 녹듯이 한 방울씩 떨어져 내렸다. 창문 너머 보이는 바다의 물결은 잔잔했다. 서쪽에서 석양이 지는지 저문 햇살이 잔잔한 파도에 실려 먼바다 쪽으로 건너가고 있었다. 남해바다에서도 노을이 지는구나. 나는 생각했다.

젊은 사람의 아내와 두 아이들이 병실로 들어섰다. 둘 다 사내아이였다. 아이들은 병실에서도 즐겁게 재잘거렸다. 아이들은 젊은 아버지의 무의식을 의식하지 않았다. 여자는 아이들에게 조용히 하라며 입술에 손가락을 자꾸 가져다 붙였다. 아이들은 여자의 손이 입술에 붙을 때만 입을 다물었고, 언제 그랬냐는 듯이 재잘거리고 뛰어다녔다. 여자의 얼굴은 창백하고 피곤해 보였다. 뒤로 올려서 묶어둔 머리카락이 반쯤 풀어졌고 앞머리가 눈을 가려서 여자는 자주 머리카락을 당겨 귀 뒤에 가져다 붙였다. 여자는 남편의 손을 잡고 하염없이 손가락으로 남편의 손바닥을 긁어댔다. 무슨 글자를 쓰고 있는 듯 여자의 손가락은 계속 움직였다. 젊은 사람은 가끔씩 손가락을 움직여서 아내의 염원에 반응했다. 나는 두 아이를 불러서 오렌지 주스의 뚜껑을 열어서 주었다. 아이들은 주스 병을 들고 뛰어다니며 마셨다. 할머니가 여자에게 가서 이런저런 이야기를 하면서 한숨을 내쉬었고 젊은 여자는 할머니의 말을 들으며 핏기없는 미소를 보였다. 아이들은 침대와 침대 사이를 바쁘게 들락거리며 놀았다. 건너편 할아버지가 아이들을 바라보며 "고 녀석들 참……." 하며 다소 취기가 올랐는지 붉은 얼굴로 웃었고 내 아버지는 아이들이 웃고 말하는 소리를 듣고 있는 것인지, 입을 벌리고 평온한 표정이었다. 가끔씩 여자와 눈이 마주치면 여자는 목례로 인사를 하였는데 나는 여자의 근심이 어려워서 텔레비전을 올려다만 보았다. 간호사가 와서 젊은 남자의 상태가 많이 호전되고 있으니 너무 상심 말라고 여자에게 말했다. 여자는 남편의 얼굴을 수건으로 닦고 남편의 귀 볼에 대고 "다 나아간다네, 고마워……. 사랑해."라고 했다. 여자는 아이들을 씻기고 재워야 해서 가봐야겠다고 할머니와 할아버지에게 말하고 내 쪽에도 눈인사를 하고는 아이 둘을 챙겨서 돌아갔다. 아이들은 갈 때, 엄마의 손을 잡지 않고 뛰어서 쏜살같이 나갔다. 여자의 둥근 어깨 위로 머리카락이 서너 가닥 흘러 내려와 있었다. 나는 여자가 홀로 아이들을 씻기고 먹이고 재우는 긴 밤을 상상했다. 그 밤을 홀로 감당해 내야 하는 젊은 여자의 일을 나는 짐작할 수 없었다.

　- 세사 법이 머라고, 나흘 뒤모 나가야 되니.
여자가 나가고 할머니가 푸념 섞인 소리를 내뱉었다.
　- 나가다니, 무슨 말씀이신지.
나는 영문을 몰라서 물었다.
　- 나가야 된다 아입니꺼. 요 병원은 국가에서 지정한 병원이라 오래 몬 있으예. 삼 주, 그라니 21째 되모 퇴원했다가 다시 입원하든지 해야 된다 카대예. 이기 다 문디 맨치로 만든 법 때문에 아입니꺼. 나일롱 환자들이 판친다고 나라에서 그리 정했으이 이리 아픈 사람들이 피해를 본다 아입니꺼. 우리 아저씨도 열흘 있다 나가야 되고, 울 아저씨야 성하니까 걸어서 나가모 된다지만, 젊은 사람이 정신도 희미하고 걸어댕길 수도 없는데, 이 일을 우짜모 좋을지……. 애기 엄마가 혼자서 감당할 수 있기나 할런지……. 에이고……. 쯧쯧…….
　할머니는 한숨을 오래 쉬면서 혀를 찼다.
　병원 측에서 자체적으로 정한 입원 기간은 21일이라는 말이었다. 할머니는 그것이 법으로 정한 것이라 믿었는데, 병원의 말이니 할머니는 믿을 수밖에 도리 없기도 했다.
　- 그렇지는 않을 겁니다. 주치의 재량이 있으니 기간을 연장할 수 있을 것입니다. 물론 입원비 지원이 어려워 그 부분에 있어서 퇴원절차를 서류상으로 진행하여 재입원하면 한 이삼일

정도 의료보험 혜택을 받을 수 없는 부분이 있긴 합니다.

— 그래예? 법대 나왔십니까?

— 네, 법 공부를 했었지요.

대답을 하고 나서, 나는 내가 법학 전공자였음을 새삼 확인했다.

— 그라모 됐네, 그쪽 아드님이 그럼 의사한테 말 좀 해주이소. 얼라들 엄마가 안됐다 아입니꺼, 젊은 기, 애들 건사해서 살아볼라고 저리 노력하는데, 이 사람을 데리고 요 저를 우찌 돌아 댕깁니꺼. 아이고 살 것 같네. 내 맴이 갑갑하더니만.

할머니는 젊은 사람이 누워있는 쪽과 내 쪽을 번갈아 보며 기뻐했다.

젊은 남자의 사고는 비현실적이었다. 젊은 남자와 동료인 젊은 남자는 출장을 마치고 돌아오는 길이었다. 아내에게 전화를 해서 도착시간을 알렸고, 동료와 마지막 커피를 마시고 담배를 피웠다. 톨게이트를 얼마 남기지 않아 차들이 가다 서다를 반복했다. 휴가가 시작되자 대도시의 피서객들은 물밀 듯이 차를 몰아서 남쪽으로 왔다. 두 사람은 톨게이트 직전 인터체인지로 빠져나와 우회국도를 선택했다. 외지인들은 잘 알지 못하는 도로였다. 국도에서 차량의 속도는 회복되었다. 동료인 젊은 남자는 가속 페달을 눌러 속도계 바늘을 100으로 끌어올렸다. 차는 중앙선에 붙어서 미끄러지듯 나아갔다. 비가 추적였다. 와이퍼 작동단추를 눌러 차창 전면에 들러붙는 물기를 쓸었다. 물기 너머 과속단속 카메라가 보였다. 브레이크 페달을 밟은 발등으로 힘이 모였다. 차량의 속도가 60km으로 줄어들었다. 뒤따르는 차는 과속단속 카메라를 보지 못했다. 뒤차는 시속 100km 속도로 두 사람의 차를 들이쳤다. 차량 뒤 트렁크가 밀려들어 와 뒷좌석은 밟아 놓은 빈 캔처럼 납작 으깨졌다. 반쪽이 된 차는 중앙선을 넘어서 미끄러졌다. 중앙선 너머에서 기름 운반 화물차가 급정거했다. 30m 넘게 스키드 마크가 요동치는 곡선으로 도로를 긁었다. 반파된 차량의 좌측면이 화물차에 들이 받쳐서 차는 도로를 이탈해서 전주를 들이받고 논바닥에 처박혔다. 두 사람이 탄 차는 드럼통만 한 크기로 찌그러져 논바닥에 뒤집혀 꽂혔다. 허연 연기가 빗속을 뚫고 올랐고 논바닥에 고인 물 위로 휘발유가 흘러내렸다. 붉은 핏물이 기름에 엉기었다.

119구급대가 도착해서 유압 프레스 절단기로 구겨진 차를 끊어내고 펴나갔다. 운전대를 잡았던 동료였던 젊은 사람은 몸의 상체와 하체가 분리되어 즉사했다. 대퇴부 윗부분의 상체는 앞창문 너머로 밀리어 나가 있었다. 구조대는 바구니에 동료였던 젊은 사람의 상체 부위를 담고 담요를 덮었다. 젊은 사람은 창문에 끼여서 신음했다. 절단기가 차량을 해체하고 젊은 사람을 구급차에 실었다. 동료였던 젊은 사람의 하체는 밀려들어 온 좌측 문과 핸들 아래쪽으로 깊이 박혀서 차량을 완전 분해한 다음에야 들어낼 수 있었다. 하체를 들어낼 때, 대퇴부에서 허연 골수가 빗물에 흘러내렸다. 구급차를 함께 타고 온 여자 소방교가 도로변에 토했다. 경찰은 과속으로 일어난 사고로서 속도위반 및 차량정비 불량 규정으로 과실률 90%를 들이받은 차에 적용했다. 스키드 마크 자국 판정결과 화물차는 규정 속도 미준수의 교통법규 위반으로 10%의 과실을 적용했다. 도합 100%의 과실로 두 사람이 타고 있던 승용차는 반파 및 측면 훼손되었고 1인 사망 1인 중상사고로 사건 처리되었다.

＊

증症과 통痛을 아울러 병病이라 말할 때, 증은 공유가능성을 수반하는 말이고 통은 공유될 수 없음을 말하고 있다. 증은 통의 사촌쯤 되는 말인데, 통의 범주에 속하나 통의 직접성에서는 벗어나 있는 먼발치의 일이어서 다급하지 않다. 그래서 증은 분산되고, 공유되며, 치료가 가볍다. 통은 병의 직계존속이다. 직계존속은 애틋하고 가혹해서 반응이 통렬하다. 병은 통의 가혹함을 온전히 하고 통의 통렬함을 끌어안는다. 그래서 통은 공유와 분산의 대상이 되지를 못하고 스스로 몸에 집중되어 찔러온다. 나는 아버지의 통을 체감할 수 없었다. 내가 체감할 수 있고 공유할 수 있는 것은 아버지의 증일 뿐이어서 그 증을 보고 내 병간호의 방향은 설정될 것이다. 아버지의 통은 아버지의 증으로만 나에게 말을 걸어서 나는 아버지의 증을 더듬거리며 포착해서 의료진에게 말해왔다. 나는 아버지의 통의 중심을 짐작만 할 뿐인데, 의사는 제발 나처럼 무지몽매하지 않기를 간절히 바랐다.

아버지가 토했다. 나는 놀라서 간호사를 호출했다. 할머니가 먼저 달려와서 아버지의 고개를 옆으로 돌려 수건을 받치고 아버지의 등을 토닥거렸다. 간호사가 오더니 구토의 색깔과 양을 확인해서 차트에 기록했다.

― 아이고 마, 너들은 멀 그리 적어만 샀노. 의사 선생님 불러온나 얼른.

할머니는 간호사들이 못마땅해 냅다 소리를 질렀다. 나는 어쩔 줄 몰라서 할머니의 뒤에서 허둥대며 시늉으로 거들었다. 아버지는 괴로운지 부서지는 신음을 내었다. 코로 토가 나왔고 말라붙은 입술에서 피가 배어 나왔다. 아버지의 구토액은 말갛고 시큼했는데 이물질이 없어서 묽었다. 음식이 들어가지 않은 위에서 위산이 그대로 쏟아져 나왔는데 몸속의 모든 장기가 부패했는지 감당할 수 없는 악취가 났다. 할머니가 수건을 빨아 와서 침상 끝에 펴서 걸었다. 아버지는 옅은 신음소리를 길게 흘리며 입을 벌린 채 누워만 있었다. 아버지는 틀니를 빼두어서 입술과 입이 꺼져있었다. 통증에 입이 열려도 함몰된 입속에서 말들은 밖으로 올라오지 못했다. 꺼진 입속에서 통증의 신음들이 꼴깍거리며 잦아들었는데, 신음이 꼴깍거릴 때마다 이마의 주름이 깊게 파였고 눈자위에 어둠이 짙어졌다. 눈의 아래위 두 덩이가 부어올라 속눈썹이 빠져버린 아버지의 눈은 두터운 입술과도 같았다. 아버지는 그 두터운 눈을 입술처럼 움직여 말 되어지지 않는 통증을 말했다.

*

하얀 부표가 파도를 탔다. 해녀는 부표를 끌어안고 긴 숨을 고르며 휘파람 소리를 오래 내었다. 표면의 바다는 노는 법이 없어서 해녀는 바다의 표면에서 분주했다. 해녀는 다시 들숨을 한껏 머금고 물속으로 들어갔다. 두 다리가 허공을 크게 찼다. 해녀가 잠수해 들어간 바다의 숨구멍 위로 다시 파도가 덮어서 바다는 아무 일이 없었다. 표면과는 달리 바다의 안쪽은 둔중하고 무거웠다. 표면의 바다는 작은 바람에도 난분분 뒤채였지만 속 바다는 표면의 다급함에 동요하지 않았다. 속 바다는 부서지지 않고 합쳐져서 거대한 점액질로 느리게 움직였다. 그 느슨하고 육중한 점액질의 공간에 크고 작은 물고기들이 실려 있었고, 끄트머리가 늘어진 해초들이 물의 흐름에 이끌렸다. 해녀는 갈고리로 해초를 헤치면서 물속에 잠긴 갯바위의 밑둥치를 더듬어 나갔다. 작은 물고기들이 떼를 지어 흩어졌다. 말미잘이 촉수를 내어서 물의 흐름을 탔고, 바위틈에 들어앉은 군소가 보랏빛 물을 풀어냈다. 갯바위 밑둥치에 갈라진 틈을 갈고리로 긁으면 바다의 찌꺼기들이 부옇게 느린 물살에 부유浮游했다. 한 치 앞을 분간하기 어려웠다. 해녀는 참소라 두 개를 캐내어 한 손에 들고 바위의 밑둥을 밟고 다시 수면으로 향했다. 해초가 해녀의 사타구니와 다리에서 엉기고 풀어졌다.

물의 안에서 물의 표면을 올려다보는 일은 언제나 경이로웠다. 해파리가 모든 촉수를 풀어 하늘거리며 갔고, 배가 허연 물고기들이 이쪽저쪽을 쏘다니며 무리를 이루었다. 햇살의 끄나풀들이 꿈처럼 풀어져 내렸고 빛이 굴절해서 조수의 흐름에 밀리고 쓸리며 빛의 기둥을 세웠다. 물에 뜬 부표의 위치를 확인해서 물위로 향할 때, 해녀는 수경에 닿은 햇살에 눈이 찔려 그만 참소라 하나를 놓쳤다. 숨이 차오른 해녀는 물 아래에 눈길만 주었다. 소라가 떨어진 지점에서 하얀 돌에 엉킨 해초가 가늘게 나풀거렸다. 해녀는 바다 위로 올라와 부표를 붙잡고 한참 숨을 내질렀다. 참소라를 망사리에 넣어두며 해녀는 놓친 참소라의 떨어진 지점을 생각했다. 그 지점에서 나풀거리던 처음 보는 해초와 하얀 돌덩이가 낯설었다. 파도가 철벅거리며 해녀와 부표를 치댔다.

아침 회진 시간에 의사가 왔다. 의사는 아버지의 의식을 흔들어, 아버지에게 말을 걸었다.
  − 어디가 아픕니까?

아버지는 가까스로 복부에 손을 가져갔다.

– 배가 아파요? 다리는 안 아픕니까?

아버지는 고개를 주억거렸다.

– 모르핀 강도를 조금 높이겠습니다. 호흡에 문제가 생길 수도 있지만, 통증이 워낙 심해서 어쩔 수 없습니다. 그리고 보호자분은 좀 보셔야겠습니다.

의사는 나를 불러 병실 문 앞으로 걸어나갔다.

– 잘 아시다시피, 환자분의 상태는 위중합니다. 오늘 돌아가셔도 이상할 것이 하나도 없습니다. 진료 기록상 이미 6개월이 지났고, 우리 병원을 마지막으로 생각하고 오셨을 것이란 생각이 듭니다. 그렇지요?

나는 고개를 끄덕였다.

– 식사를 못 하시니 영양제를 처방하고 있지만 영양제는 보호자가 원하지 않으면 처방하지 않겠습니다. 원하시면 간호사한테 말을 하십시오. 그리고 수일 내로 1인실이 비게 되는데 그때, 1인실로 옮기셔야겠습니다. 통증이 수시로 오면 다른 환자분들에게 피해가 됩니다.

– 아버지께서 어제 구토를 했습니다.

– 차트에 기록되어 있네요. 겪어나가는 증상입니다. 앞으로 더욱 심해질 겁니다. 의사가 모든 증상을 다 처방할 수는 없습니다.

의사는 의사로서 할 수 있는 일은 말하지 않았다. 의사는 다른 병실로 들어갔다. 간호사들이 뛰다시피 의사를 따라서 갔다. 아버지 곁에서 할머니가 아버지의 이마를 수건으로 닦아주고 있는 모습이 보였다. 햇살이 창에 스며들어 할머니의 움직임을 희붐하게 비추었다.

죽음을 앞둔 아버지에게 아들인 내가 할 수 있는 일이란 많지를 않았다. 기껏해야 링거에서 떨어지는 영양제 방울의 속도를 조절해 준다거나 침상의 각도를 낮추거나 높이거나 간호사의 혈압체크를 걱정스런 눈빛으로 바라보거나 하는 일 정도였는데 이런 일들이 아버지의 고통 앞에서 아들인 내가 할 수 있는 일이었다. 고통은 분산되지 않는다. 고통은 집중되는 것이어서 혈육의 애달픔도 나 몰라라 한다. 나는 아버지의 고통에 잠자코 있을 수밖에 도리가 없었다. 입원 3일 만에 아버지의 체력은 소진되었다. 아버지는 생명의 증거로 남아있었던 대변에 대한 집념마저 사그라졌고 신음의 말도 끄집어낼 수 없었다. 아버지의 산소포화도는 90언저리에 머물렀다. 의사에게 듣기로, 산소포화도가 100이하로 떨어지면 위험한 수준이었다. 나는 산소호흡기의 강도를 높여 아버지의 코에 대어 주었다. 호흡기 구멍에서 바람이 거세게 나오는 소리가 들렸다. 아버지는 호흡기에 의지해서 숨을 내쉬었다. 나는 기저귀를 아버지의 아래에 채웠다. 내가 기저귀를 채울 때, 할머니가 아버지의 상체를 살폈다. 할머니는 아버지의 이마며 얼굴이며 손가락을 정성껏 닦았다.

사람은 죽음을 앞두고 대변을 크게 봐서 몸속의 이물질을 모두 배출해내는데 그것이 스스로 살아온 몫을 흔적 없이 지우는 것이라고 할머니는 아버지의 손톱을 깎으며 말했다. 나는 아버지의 함몰해 들어간 입과 입술 주름을 바라보았다. 아버지는 삼키는 것이 없으므로 내어놓을 것도 없을 것이기에 아버지의 변은 불가능할 것 같다는 생각이 들었다. 할머니는 자신의 아들 같은 사람이 아버지를 살피는 모습이 대견하다는 말을 덧붙이며 잘라낸 손톱을 화장지에 싸서 뭉치며 일어섰다.

*

해경 함정이 바다에 포위망을 쳤다. 스킨스쿠버 3명과 해녀 2명이 동원되어 포위망 안쪽의 바닷속을 드나들었다. 갯바위에 파도가 무시로 부서지고 다시 일어섰다. 가지런한 바람이 불어서 구름이 엷게 퍼져갔다. 해녀 한 명이 해경 함정 쪽을 손짓했다. 해경 함정에서 구명보트가 물살을 가르며 해녀가 있는 곳으로 갔다. 스킨스쿠버 다이버들이 동시에 물속으로 들어갔다. 갈매기 한 마리가 갯바위에 앉아서 대가리를 들어 바다의 일을 응시했다. 구명보트 부근으로 스킨스쿠버들이 올라왔다. 경찰이 흰 천을 내어서 바닷속에서 끌어온 시신을 감쌌다. 스킨스쿠버들과 해녀가 구명보트에 올랐다. 구명보트가 물길을 만들며 본 함 쪽으로 내달렸다. 파도가 다시 일어 물길이 지워졌다.

송재중은 고향에서 동창들과 술을 마셨다. 영운리 불세출의 인물이라고 동창들이 거푸 술잔을 내밀었다. 송재중은 취했다. 송재중은 술자리를 빠져나와 택시를 세워 마을 부둣가로 갔다. 별들이 흐려서 앞걸음이 어두웠다. 송재중은 바닷가 해안단애를 따라서 걸었다. 한 차례 파도가 해안단애를 들이쳤다. 송재중은 취한 걸음에 실족했다. 바다에 바람이 불어서 파도가 높았다. 송재중은 물살에 휘말리며 어머니를 불렀다. 파도가 송재중을 덮어서 바다는 다시 아무 일이 없었다. 송재중은 한 해녀에 의해 발견되었다. 해녀는 놓친 소라를 줍기 위해서 다시 허공에 발길질을 하고 입수했다. 바닥에 손을 뻗었을 때, 별 불가사리 떼가 꿈틀거렸다. 해초가 나부끼는 틈에서 해녀는 불가사리가 빨아대고 있는 사람의 머리통을 보았다. 해녀는 수면으로 올라와서 몸을 떨었다. 경찰이 실종자 명단을 뒤적여 송재중의 어머니에게 연락했다. 송재중은 형체가 훼손되어 육안 식별이 어려웠다. 경찰은 송재중의 속옷을 어머니에게 보였다. 송재중의 어머니는 오열했다.

― 애미 찾아오느라 욕봤다. 내 새끼야······.

실종 21일째 되는 날이었다.

나는 젊은 남자의 강제퇴원의 부당함을 의사에게 말했다. 젊은 남자의 아내는 나에게 인사하며 안도의 한숨을 내쉬었다. 할머니가 내 손을 잡으며 고맙다는 말을 거듭했다. 나도 할머니에게 고맙다는 말을 거듭했다. 아이들이 병실 구석구석을 뛰어다니며 재잘거렸다. 건너편 할아버지가 붉은 얼굴로 아이들을 쳐다보았다.

잎이 낙엽으로 질 때, 잎의 개별성은 소멸된다. 잎이 질 때, 잎은 생동의 기운을 모조리 지워내고 바스라진다. 잎은 질 때, 나무에 의존하지 않고 나무에 연연하지 않는다. 지는 잎은 발생의 무늬만을 추슬러서 지는데 무늬는 단조롭고 단출하다. 모든 잎은 질 때, 개별성을 부정해서 잎은 단지 낙엽으로서만 진다. 서어나무 잎이든, 회화나무 잎이든 살아서의 개별적 긍지는 부질없는 것이어서 잎은 하등 자랑질이 없다. 낙縣한 잎은 시간의 층위 속으로 나아가 시간의 켜를 이루어 스스로 자족하여 자멸할 뿐이다. 지는 잎 앞에서 나는 윤회를, 천국과 지옥을, 공맹을 말하는 일의 덧없음을 조금은 알 것도 같았다.

찬바람이 불어서 수국은 꽃 색을 바꾸었다. 바다는 다시, 아무 일이 없었다.

– 대화에서 방언의 음가를 가급적 그대로 사용했다.
– 마지막 단락에서 수국이 꽃 색을 바꾼다는 것은 과학적 근거가 없다. 과학적 근거는 없어도 수국이 꽃 색을 바꾼다는 믿음을 놓을 수 없었다.

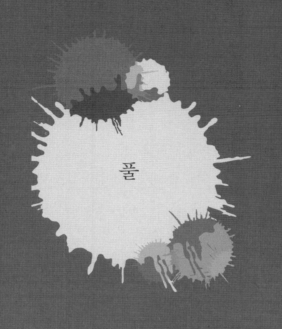

풀

피재로 향하는 중간쯤에서 빗줄기가 가늘어지고 있었다. 차량 와이퍼의 왕복 속도를 늦추고 차창 전면에 에어컨을 가동시켜 습기를 말렸다. 안개가 자작나무 기둥들 사이에 포개져서 원래부터 한 몸인 듯 교태를 부렸다. 비를 받은 자작 이파리의 연초록 실루엣만이 곧 삼수령이 멀지 않았음을 알리고 있었다. 안개가 앞뒤로 들러붙었고 도로는 불과 몇 미터만 제모습을 허락하였다. 추운 날 대폿집에 들어섰을 때 안경면에 밀어닥치는 음습함, 그 먹먹함에 사로잡혔다. 차량 보닛에서 분무하는 물줄기를 당겨서 갑갑함을 걷어냈다. 비상등을 깜빡여 뒤따르는 보수차와의 간격을 조율했다. 능선을 굽어 도는 아스팔트 위에서 속도계의 지침은 40선에 이르는 것이 힘에 겨웠다.

봉사단이 가야 할 곳은 피재를 넘어 10분 거리로 할머니와 아이가 기거하는 집이었다. 능선의 맨 꼭대기는 지도상의 명칭이 피재였고 오래전부터 삼수령三水嶺이라는 이름으로 불렸다. 한강, 낙동강, 오십천의 시원始原이라는 의미에서 붙여졌다고 했는데 발원한 세 줄기의 물이 동해에 다다르고 서해와 남해까지 닿는다는 이야기는 물길의 여정만큼이나 오래고 멀어서 그 진위眞僞 여부는 식별할 수 없었다. 탄촌炭寸 도계를 지나 삼척으로 내달리는 물줄기가 하나이고 하장면을 지나 북서방향으로 크게 휘돌아 정선과 영월에 이르러 다른 물줄기를 거두어 흘러 한강을 이루는 것이 둘이며 삼수령에서 스며든 물이 태백시 황지연못에서 다시 샘솟아 청옥산 밑둥을 감아 돌아 봉화 안동을 벗어나 남으로 향하는 것이 셋인 낙동강이라고 했다. 물은 본래 하나였고 물길이 이름과 모양을 달리했다는 것이 삼수령 서사敍事의 근간이었다. 본래부터 진위 여부는 가늠되지 않는 것인지도 모를 일이었다.

할머니는 아이와 함께 있었다. 아이는 초등학교 6학년이었고 할머니는 일흔셋이라고 했다. 할머니는 아이를 돌보았고 아이는 할머니를 보살폈다. 둘은 서로를 돌보고 보살피며 하루씩을 살아가고 있었다. 할머니는 아이가 취학하기 전부터 금대봉 언저리에서 풀을 뜯었다. 할머니는 산자락을 훑어서 풀을 찾았고 뜯어낸 풀을 장터에 펼쳤다. 아이는 할머니와 할머니의 풀 옆에서 빵을 먹었다. 풀은 계절마다 이름과 모양이 달랐지만 할머니에게 풀은 단지 하나의 이름인 풀이었다. 이름과 모양에 따라 구분되는 풀이 아니라 장바닥에서 밥과 빵이 되는 분명하고도 다급한 풀이었다. 산속에서 풀은 뿌리수로 셀 수 있었지만 세상에서 풀은 계절마다 셈법이 달랐다. 겨울에 풀은 뿌리수로 팔렸지만 풀이 흔해진 4월에 풀은 가마니 떼기로 팔렸다. 4월의 풀은 한 가마니에 만원이라고 했다. 할머니의 풀은 두 가마니가 채 못되었다. 할머니는 4월에 바위틈에서 풀의 뿌리를 뜯어내다가 덜 녹은 눈에 미끄러졌다. 할머니의 정강이와 발등에 금이 갔고 올해는 풀을 뜯을 수 없다고 보건소 진료의가 말했다. 보건소 진료의는 대구 사투리를 쓰는 젊은 양반인데 금이 간 뼈와 느슨해진 조직들이 다시 붙는 데 걸리는 시간이 해를 넘길 것이며 오래된 사람의 뼈와 살은 원래 오래 걸려야만 붙는다고 말했다. 보건소 진료의 자리는 해를 바꿔 나고 들기 때문에 바뀐 양반에게서 깁스를 풀어야 된다고 할머니는 말했다.

할머니와 아이의 방에 조명기기를 교체했다. 낡고 녹이 슬은 형광등 갓을 떼어낼 때 천장의 합판이 덜렁거렸다. 전선을 감은 절연테입이 녹아서 눌어붙어있었고 구리 가닥은 삭아서 간신히 전압을 버텨내고 있었다. 형광등을 천장에 매달아두기 위해 덧대어놓은 원형 나무판을 분리했다. 천장과 나무판이 이격될 때 먼지가 일었는데 가문 날에 호미로 땅을 긁으면 푸석하게 들뜨는 지표 가루의 그것처럼 거친 질감으로 다가왔다. 호흡하기가 힘들었다. 구멍 뚫린 천장에서 낡은 전선을 거두어내고 새 전선을 절연테입으로 잇대어두었다. 알루미늄 막대를 길게 가로질러 헐거운 천장을 붙들었다. 절전 조명기기의 안정기를 들어 올려 잇대어둔 전선을 접속시키고 나사못으로 알루미늄 막대기를 조여 안정기를 부착시켰다. 전원차단기를 올려 침침한 어둠을 몰아냈다.

할머니의 부엌에서는 오래된 풀냄새가 났다. 풀냄새는 습기에 닿아서 메주 냄새 같기도 쑥뜸 냄새 같기도 했으나 기어이 풀의 냄새였다. 아궁이에 불씨 조절 장치를 달고 연탄 200장을 들였다. 연탄에 습기가 배어서 옮기는 두 손목에 힘이 들어갔다. 처음 연탄을 들일 때 문지방이 익숙지 않아 두 장이 바스라졌다. 아이가 깨진 연탄을 치웠다. 연탄을 치우는 아이의 손에서 할머니의 풀이 연상되었다. 여름 연탄은 겨울 연탄보다 장당 20원이 저렴한데 똑같은 연탄이 계절에 따라 공급과 수요의 불균형으로 인해 가격 차이가 발생하는 기본적인 시장 논리 때문이라고 연탄장수는 전화에 대고 말했었다. 장마철이면 겨울철과 시세가 비슷하지만 특별히 좋은 일에 보탬이 되고자 한다면서 여름철 시세를 적용해 주었고 배달은 곤란하다는 장사꾼의 잇속도 챙겼다. 차량유류비와 견적해서 내놓은 가격으로 기본적인 시장 논리에 충실함이라 짐작할 수 있었다. 겨울의 풀이 뿌리수로 계산된다는 할머니의 말에도 경제논리는 성립되어 있었다. 끊어낸 전선 조각과 뜯어낸 낡은 형광등을 연탄을 걷어낸 저압 보수차에 옮겨 실을 때 할머니는 연신 머리를 숙이며 눈시울을 적셨다. 할머니의 울음은 생에 뿌리를 내린 풀과 같았다. 세월의 부침이 자양분되어 자라서 쉬이 떼어낼 수 없는 일생의 풀과도 같았다. 할머니는 아이의 팔을 잡고 있었고 아이는 할머니의 손을 잡고 있었다. 아이의 어머니는 아이가 어릴 때 집을 떠났고 아이의 아버지는 아이가 더 어릴 때 세상을 떠났다고 했다.

빗줄기가 다시 굵어지고 있었다. 마티즈 차량 와이퍼의 왕복 속도를 높이고 에어컨을 가동시켜 차창에 들러붙은 습기를 수습했다. 속도계의 지침은 좀처럼 30선을 회복하지 못했다. 백미러는 최소한의 기능으로 거느린 불빛들을 감지하고 있었다. 우측으로 핸들을 돌렸다. 룸미러에서 가득히 뒤따르는 차량의 전조등 불빛이 튕겨져 나갔다. 초록색 이정표가 빗물에 씻기며 지나갔다. 또 한 번 귓속이 멍해졌다. 삼수령이라는 표식이 멍해진 시야를 스쳤다. 시계가 맑아왔다. 속도계 지침이 40선을 넘어서고 있었다. 와이퍼 작동을 수동으로 전환하고 비상등을 거두었다. 전조등의 밝기를 낮추고 속도계의 지침을 60으로 가져갔다. 룸미러에서 튕겨지던 불빛들이 사위어 들었다. 오늘 아침에 접수된 협조공문이 떠올랐다.

— 귀사의 무궁한 발전을 기원합니다. 우리시는 독거노인 및 저소득층의 생활을 지원하기 위하여 아래와 같이 봉사활동을 시행하려고 하오니 귀사의 협조를 요청합니다. —

공문의 형식은 전형적인 협조공문의 양식에 맞추어져 있었다. 행사요청일은 추석을 앞둔 며칠 전이었고 행사의 취지를 간단히 기재하고 있었다. 공문 작성자의 문장에서 일상의 업무에 반복된 시달림이 뭉개져 있었다. 공문 작성자의 문장은 의례적

이고 건조했다. 차량의 운행키를 뽑아낼 때 발바닥에서 가려움
이 돋았다, 풀이 돋는 것처럼.

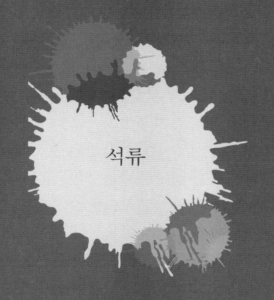

석류

석류를 칼로 갈랐다. 칼이 지날 때, 붉은 석류의
피가 칼날을 타고 흘러 엄지손가락 손톱에 맺혔다. 칼날에 베인
석류 액이 손가락을 지나 손아귀로 파고들어 손금을 뻗어 나갔
다. 유림은 석류의 액이 지나간 손금의 모양을 새삼 확인했다.
세상의 모든 과일을 다 겪지는 못했지만 단언하건대, 석류의 액
은 사람의 피와 외형적으로 동일한 유일한 과일일 것이라는 생
각이 들었다. 쓰디쓴 그 알갱이의 맛도 혈액의 끝 맛처럼 비릿
했고 시큰했다. 석류의 절개 면이 진홍색 요염을 노골적으로 튕
겨내고 있었다. 알알이 진홍색 육즙이 반투명 유혹으로 씨앗을
보듬고는 과실의 골을 따라 촘촘히 박혀있었다. 씨앗은 막 뽑은
사랑니처럼 핏빛 육질에 갇혀 윤곽만을 더덜뭇이 드러내었다.
칼이 닿으면서 상처가 난 과육은 과민한 육즙을 주체하지 못하
고 터져 섬유질의 하얀 속살을 핏빛으로 적셨다. 토막 난 석류
네 쪽을 접시 위에 올려두었다. 입안으로 쓴 침이 번졌다.

탄광촌의 아침은 열차가 지나는 소리에도 흔들렸다. 지난 수
십 년간 한 시대를 지탱해 내느라 탄광촌의 지반은 골수까지 파
헤쳐졌다. 촌락을 이룬 마을의 한 꺼풀 아래는 젊은 날 몸뚱이
하나에 의지해 찾아 들어왔던, 지금은 허름한 지하 단란주점에

서조차도 소금을 뿌려대는 늙은 창녀의 숭숭 뚫려버린 오래된 허벅지 뼈처럼 허물어져 있을 것이었다. 골다공증에 시름하는 뼈다귀 사이로 갱도가 여기저기 비집고 들어갔고 그 핵심의 암흑 어딘가에는 젊은 날 몸뚱이 하나를 밑천으로 찾아들어 왔던, 지금은 자식들도 그의 존재마저 새까맣게 잊고 있을 늙은 청년의 숭숭 뚫려버린 오래된 꿈들이 화석으로 묻혀있을 것이었다. 탄광촌은 잊히고 소멸된 사연들이, 찢어진 깃발처럼 펄럭이며 유령 같은 바람 소리에도 덜덜거렸다. 강도 3의 흔한 지진이라도 난다면 순식간에 비명소리도 없이 지워져 버릴지도 모르는 일이었다.

라스베가스모텔 입구에 드리워진 가리개가 차창 앞유리를 훑었다. 유림은 손아귀에 힘을 가하며 핸들을 더욱 부여잡고 있었다. 속도를 더하고 있는 상황도 아니었고 기껏해야 시속 5km 정도의 거북이걸음 속도로 전진할 뿐인데 항상 가리개가 내려온 모텔 입구를 지날 때면 온몸이 민감하게 거부반응을 일으켰다. 유림은 몸 구석구석 뼛조각만 남긴 채 오롯이 투시되는 듯해서 언짢은 기분이 가시지를 않았다. 라스베가스모텔에 올 때면 유림은 속옷을 바투 갈아입었고 몇 겹의 겉옷을 걸치고 온몸을 친친 동여서 간신히 왔다. 여름이 한창인 때에도 끈 없는 브래지어를 착용하여 최대한 속내의 흔적을 지웠고 그 위에 검은색 긴팔 윗옷을 두벌 정도는 껴입어야 그나마 겨우 지날 수 있었다.

유림은 카운터 입구에 차를 주차시키고 시동을 켠 채로 차에서 내려 카운터 창 너머에서 졸고 있는 아주머니를 깨웠다. 아주머니는 호실 열쇠가 담겨있는 바구니를 내밀었다. 3층 네 개, 5층 세 개, 일곱 개의 열쇠가 손안에 들어왔다. 유림은 아주머니에게 눈인사로 웃어 보이고는 청구서를 안쪽으로 내밀어 서명을 받아들고 계단을 올랐다. 3층에 이르렀을 때 담배 연기가 콧속으로 한 올 한 올 밀려들어 왔다. 중년의 남자가 담배를 재떨이에 막 비벼두고 내려오던 참이었다. 유림은 몸을 모로 돌려 계단난간을 잡고 남자의 길을 열어주었다. 남자는 거뭇한 혈색으로 기침을 한 차례 크게 내뱉고는 터벅터벅 아래로 내려갔다. 남자를 스치는 체취에서 담배 냄새와 뒤섞인 어딘지 익숙한 냄새가 와 닿았다. 장맛비에 오래 젖은 유기견의 털에서 나는 비릿한 냄새와도 같았다. 계단 구석에 세워진 재떨이에서 한 줄 연기가 올라와 창에 부딪혀 푸르게 번지고 있었다. 유림은 미간을 찌푸리고 콧망울을 손가락으로 눌러 담배 냄새를 차단했다.

복도 양 끝에 창이 뚫린 홀은 길고 음침했다. 복도에 깔아둔 붉은 카펫에 기하학의 무늬가 새겨져 있었는데 군데군데 담배 불똥에 데인 흔적과 오가는 발에 밟힌 껌들이 거멓게 짓눌려져 있었다. 복도는 길었고 조용했다. 복도 양쪽으로 문들이 호실을 살벌하게 엄호하고 있었고 그 엄호 속에서 호실은 내밀하고 은 밀한 격정을 털끝만큼도 발설하지 않고 기꺼이 입을 다물 태세 였다. 유림은 301호, 303호, 305호, 307호의 문을 차례로 벌렸 다. 호실에 들어찬 햇빛이 부연 먼지를 복도로 밀어내었다. 별 안간의 개방에 쓸려나온 먼지들이 출구 없는 복도를 부유했고 쏟아진 햇살이 네 개의 칼날로 카펫 기하학 무늬 위에 꽂히며 유림을 사열하고 있었다. 유림은 주머니에서 마스크를 꺼내 입 과 코를 가렸다. 301호에서부터 305호까지 유림은 침대의 시트 를 당겨 말아서 호실 문 앞으로 던져두었다. 던져둔 시트에서 먼지들이 다시 일었다. 유림은 마스크를 고쳐 쓰고 나와 307호 앞에 섰다.

서판욱이 입원한 병원으로 총무과장이 퇴직서명을 받기 위해 서 관련 서류를 챙겨 들고 왔다. 광업소 총무부는 서판욱의 명 예퇴직금으로 16개월치의 급여를 현시점의 급여 수준으로 환산 하여 일시불 지급하고 급여규정에 따른 퇴직금은 근속기간 12년 3개월에 지급률 12.01을 퇴직 직전 3개월 평균급여로 계산하여 지급함을 통보했다. 서판욱의 입원치료비 및 외래치료 비용은 명예퇴직금에 합산되었으며 광부들의 산업재해 기금으로 일부 지원함을 아울러 언급했다. 서판욱은 총무과장이 내민 서류에 서명하고 통장을 건네면서 입금처리를 부탁했다. 지급되는 금액은 1개월 이내에 입금되도록 하겠다고 총무과장은 서둘러 말하고는 쾌유를 빈다는 안부 말로써 10년 넘는 시간을 사투했던 막장과의 지난한 인연을 정리해 주었다. 서판욱은 연거푸 기침을 토하면서 손을 내흔들어 총무과장을 배웅했다. 진통주사에 수면제가 섞여 있어서 그런지 연신 졸음이 몰려들었다. 서판욱은 손등을 이마에 대고 누워 잿빛 천정을 실눈으로 감지하면서 나른한 잠 속으로 묻혀갔다.

선산부 소속 탄부들이 인차人車를 타고 갱내로 향했다. 탄부들은 차례로 광맥에 들러붙어서 드릴을 그어댔다. 드릴로 광맥의 결을 긁을 때, 안전모에 부착된 램프가 갱도 여기저기에 불빛을 꽂았다. 드릴의 굉음 속에서 시꺼먼 탄가루가 칠흑의 소낙비로 쏟아져 내렸고 그때마다 탄부들은 호흡을 끊고 시꺼먼 땀을 찍어냈다. 서판욱은 선산부 채탄원이었다. 5년여의 채탄보조원 딱지를 떼고 선산부에 편입되었고 지하 900m 막장에 드릴과 삽을 들고 드나들었다. 권양기에 올라 수직으로 어둠의 중심으로 하강해 내려갈 때, 수직의 높낮이는 이 세상의 높낮이의 질서와는 무관했다. 세상에 함박눈이 내려 하얗게 지표를 덮을 때에도, 한여름 폭풍우에 지상이 말끔히 씻겨나갈 때에도, 막장은 검은 분진만이 암흑 속에서 도사렸고 광맥은 한 점 불빛에만 속살을 보일뿐이었다. 막장은 이 세상과는 결별한 단절된 공간이었다.

분진 마스크를 뚫고 탄가루가 입속으로 들어왔다. 탄가루가 침에 섞였고 텁텁한 몸의 안쪽에서부터 가래가 끓어올랐다. 서판욱은 끓어오르는 가래를 삭여 목 안으로 돌려보내었다. 습한 더위가 폐쇄된 공간을 느적이며 휘감고 있었다. 상반암석 위에서 탄맥이 출렁였다. 동발을 세운 철제빔 사이로 돌덩어리들이 벼락 낙하했다. 암석이 받치고 있던 석탄층이 시커먼 먼지를 일으키며 갱도로 쏟아졌다. 어수선한 램프 불빛이 막장 구석구석을 쏘았다. 을반 조장이 배수배관을 망치로 두드렸다. 대피신호였다. 서판욱은 드릴 전원을 끄고 배관을 손으로 받치며 뒤돌아섰다. 드릴을 잡은 손등에 날카로운 전율이 일었고 손등을 지나친 돌덩이가 예각으로 튕기며 발등을 찍었다. 돌무지들이 한꺼번에 쏟아졌다. 서판욱의 오른쪽 무릎이 돌덩이에 짓이겨졌다. 둔탁한 비명이 배관을 타고 갱도를 가로질렀다. 광차와 인차가 급하게 후진해서 빠져나가자 공무부서 직원들이 구조용 플래시를 비추면서 급하게 진입했다. 전날 발파작업을 완료하고 빔을 세워둔 지점에서 수맥이 상판 암석과 광맥의 틈을 스며들어 느슨해진 돌덩이가 압력을 버티지 못하고 무너진 사태였다. 막장에서는 흔한 사건이었다. 갱도 천정에서 물방울이 서판욱의 이마 위로 똑똑 떨어졌다. 서판욱은 무릎에 통증이 끓어오르는 것을 느꼈다.

초겨울 바람이 찬 기운을 머금고 산맥의 골짜기를 할퀴며 내려왔다. 석탄열차가 탄차를 길게 끌고 터널로 진입했다. 철로의 이음새를 가르며 덜커덩거리는 소리가 적막한 탄광촌의 오후를 흔들었다. 산맥을 훑고 내려온 바람에 낙엽이 쓸리며 서판욱의 발치를 지나 굴러갔다. 그날 사고로 서판욱의 무릎이 깨지고 틀어지며 인대가 뜯어졌다. 깨진 뼛조각을 긁어내고 성한 뼈와 뼈 사이에 철을 박아 돌아간 무릎을 간신히 되돌렸지만 찢어진 인대를 완전하게 복구할 수는 없었다. 수술을 집도한 의사는 장애진단을 확정했고 서판욱의 오른발은 정상적인 보행을 지탱할 수 없었다. 서판욱은 다리가 붙어 있는 것만으로 다행으로 여겼다. 막장에서 일어난 사고의 경우 대부분 죽음과 직면하는 경우가 많았으므로 숨줄이 붙어있고 다리를 절단하지 않은 것만으로도 하늘이 도운 일이었다. 3개월간의 재활을 끝내고 서판욱은 절름거리며 병원을 나섰다.

서판욱은 퇴직금과 보상금을 합쳐 탄광촌 구석진 언저리에 단층 건물을 구입했다. 건물 구입비용을 치르고 남은 돈으로 업소용 세탁기기를 두 대 구입하고 배달용 중고경차를 한 대 사들였다. 눈발이 산 중턱을 덮어서 검은 폐탄더미를 하얗게 지워갔다. 일꾼이 건물 상단에 간판을 걸었다. 희드라세탁소. 서판욱의 세탁소 이름이었다. 유림이 고등학교 2학년을 앞둔 겨울방학이었고 서판욱은 시커멓게 그을린 막장 인생을 걷어내고 희드라세탁소 주인이 되었다. 신문배달부에게 얼마간의 돈을 잡히고 전단지 배포를 부탁했고 역 앞 거치대에 현수막을 달아 세탁소 개업을 홍보했다. 세탁소 출입문 앞에 고사를 올리기 위한 제상을 차리고 떡과 돼지머리를 얹혔다. 볼이 불그스름한 돼지머리는 입을 벌리고 입꼬리를 추켜세워서 흡사 웃고 있는 모습처럼 보였다. 서판욱과 유림은 웃고 있는 돼지머리 앞에서 큰절을 올렸다. 서판욱은 하얀 간판에 붉은 글씨체로 인장된 희드라세탁소라는 글자를 흐뭇하게 쳐다보았다. k광업소 총무부장 명의로 화환이 세탁소 입구에 서 있었다. 유림은 이웃에 시루떡을 돌렸고 서판욱은 이따금 기침을 하며 내리는 눈을 오래 쳐다보았다.

307호는 장기투숙으로 1년 동안 계약을 하였으며 1년 치 사용료를 선납으로 입금하고 주말에만, 그것도 간혹 사용한다고 했다.

— 젊은 사람이던데, 얼굴이 희끄무레하고 귀티가 나더라. 주말에 혼자서 왔다가 일요일 오후 참에 방을 비우더라고. 사진기자인지 카메라를 들고 다니고, 어떤 때는 한 달에 한 번씩 오는 것 같기도 하고. 그러고 보니 나이는 자기 또래 정도 되는 것 같다. 인물은 좋은데 눈이 깊어서 말이지.

카운터 아주머니는 살짝 눈웃음을 지어내며 유림을 보았다. 자기 또래라는 말을 하면서는 은근히 뭔가 이야깃거리를 머릿속에 그리고 있는 것처럼 눈을 찡긋거리기도 했다.

라스베가스모텔은 대게 쉬다가는 손님 위주로 영업을 했고 모텔 입구 가리개가 말해주듯이 쉬다가는 사람들은 어딘지 뒤가 켕기는 남녀들로 한 짝으로 붙어서 고양이처럼 눈치껏 오고갔다. 유림이 침대 시트를 회수하기 위해 호실에 들어서면 호실 바닥으로 화장지가 널브러져 있기도 했고 일회용 종이컵에는 반쯤 마시다 남긴 커피에 담배꽁초가 뱉어놓은 가래와 침에 섞여 있어서 구토가 나올뻔하기도 했다. 찢어진 스타킹이 돌돌 말려 침대 옆에 아무렇게나 끼워져 있기도 했고 더러는 생리대가 피비린내를 머금고 휴지통에 처박혀 있었는데 생리혈을 달고서까지 서로의 몸을 확인해야 하는 욕구의 강도를 유림은 짐작하기 어려웠다. 말라붙은 정액을 머금은 콘돔이 세면대 옆에 떨어져 있기도 했는데 처음에는 당혹스럽고 왠지 모르게 수치스러웠지만 늘어난 콘돔의 길이가 매번 다르다는 것을 알고 난 후에는 헛웃음이 비집고 나오기도 했다.

307호실이 장기투숙으로 예약이 된 것은 4개월 전쯤이고 유림은 4개월 전부터 307호 침대 시트를 세탁했다. 시트를 갈기 위해 문을 열면 겐조 향이 호실 안쪽에서부터 밀려 나왔는데 차분하면서도 찌르지 않는 무던한 향이 유림의 코끝으로 기분 좋게 와 닿았다. 307호는 다른 호실과는 달리 사람이 스치고 간 흔적이 남아 있지 않았고 모델하우스처럼 말끔히 정리되어 있었다. 침대 시트는 반듯하게 펼쳐져 있었고 머리카락이나 휴짓조각

하나 떨어져 있지 않았다. 유림이 침대 시트를 걷어낼 때 은은한 겐조 향이 다시 코끝에 와 닿는 것을 느꼈다.

    희드라세탁소를 개업하고 유림이 고등학교를 졸업하던 해 겨울, 서판욱은 눈길에 미끌어졌다. 고무로 아래를 댄 목발이 빙판을 헛짚었고 근력이 부실한 다리는 서판욱의 몸을 버텨낼 수 없었다. 서판욱은 허리 결림으로 앓아 누었는데 찬바람이 기승을 부리자 마른기침이 심해졌다. 처방 약으로는 기침을 삭일 수 없게 되자 내과 의사는 정밀검사를 권했다. 검사 결과 진폐증에 의한 폐암으로 판정되었다. 촬영지에 투시된 서판욱의 폐는 허옇게 맑았다. 허옇게 맑은 것들은 전부 진폐증으로 인한 종양이고, 폐를 덮은 허연 정도로 보아 의학적 치료는 더는 의미 없다는 것이며 허옇게 보이는 것이 몸을 열어보면 흰색이 아니라 검붉은 덩어리라고 의사는 말했다. 서판욱의 경우는 폐암 4기로 의심되며 폐암 4기는 폐암의 마지막 단계라고 의사는 고개를 저었다. 석탄가루에 함유된 다량의 광금속이 폐를 찌르고 폐의 구멍을 모조리 틀어막아 오래전부터 암암리에 진행된 일이었으며 가족력이 없는 점을 미루어 막장 생활에서 얻은 직업병일 것이라고 말하며 의사는 마음의 준비를 하라고 당부했다. 의사의 말은 무겁고 분명했다. 유림은 대학진학을 포기하고 서판욱을 보살폈다. 배를 삶아 꿀에 버무려 기침을 삭이려 했지만 폐에서부터 식도를 지나 목구멍 저 안쪽을 긁어대는 가려움에 기침은 잦

아들지를 않았다. 서판욱은 꿀에 버무린 배를 한술 먹고 내장의 깊숙한 곳에서부터 검붉은 액을 토해냈다. 유림이 스무 살 생일을 하루 남긴 새벽, 어둠 속에서 서판욱은 마지막 피를 토해냈다. 서판욱의 장례식장 입구에 k광업소 총무부장의 근조 화환이 섰다.

채산성 악화로 탄광은 수십 년 전부터 사양길로 접어들었다. 정부는 우후죽순처럼 들어선 중소규모 탄광을 일괄 정리한다는 골자로 폐광정책을 진행했고 탄광촌 주민은 일자리 창출과 생계대책 촉구를 내세우며 시위대를 구성했다. 정부는 주민들의 터전을 보전하고 신규일자리를 창출해 주는 조건으로 정부투자사업을 잇달아 발표했고 주민단체와의 반목과 타협의 물줄기를 섞어가며 갈등의 불씨를 잠재웠다. 정부로서도 일시에 전 탄광을 폐광시킬 수는 없는 노릇이었다. 한때 500여 개가 넘는 크고 작은 광업소는 거의 폐업하였고 이제 손에 꼽을 정도만 남아있었다. k광업소는 이런 정부정책의 굽이치는 파고를 간신히 지나면서 그나마 십여 년은 더 명맥을 유지할 수 있었지만 결국에는 수익성 악화로 인해 폐업을 선언했다. k광업소 부지는 정부에 매각되었고 직원들은 정부보조금과 광업소부지 매각비용에서 일부 보상금을 지급받았다. 매각부지는 다시 정부에서 민간기업으로 재매각되었고 부지를 인수한 민간기업은 정부의 요청과 세제지원의 약속을 등에 업고 새로운 사업계획을 발표했다.

희드라세탁소 길 건너편 공터에 중장비가 도착했다. 불도저와 포클레인이 공터를 누르고 자르며 다듬어 나갔다. 포클레인이 암석을 걷어낼 때 푸석한 흙먼지가 일어 세탁소 창문이 흐려졌다. 유림은 옥상으로 올라가 세탁물을 걷어 실내로 옮겼다. 유림은 공사감독에게 먼지막이를 설치해 줄 것을 요청했지만 공사감독은 도급계약에 없는 일이라고 잘라 말했다. 유림은 군청 건축과 창구에 민원을 접수시켰지만 묵묵부답이었다. 건물은 2개월 만에 준공되었고 유림은 세탁소 창문에 내려앉은 먼지를 털어내고 세탁물을 다시 옥상에 걸었다.

희드라세탁소 맞은편에 새로 올라간 건물은 라스베가스모텔이라는 간판이 달렸다. 주차장 입구에 가리개가 설치되었고 총천연색 조명으로 외벽을 둘렀다. 최신 편의시설, 풀식 욕조, 초고속 인터넷 시설, 장기투숙객 40%할인이라는 현수막이 매달렸고 카운터 아르바이트생 급구라는 전단이 붙었다. 사막의 땅에 일군 밤의 도시 라스베가스라는 이름을 빌려 탄가루에 시달린 외진 땅에 신세계라도 만들어볼 요량인지 라스베가스모텔 조명은 황량한 탄광촌의 밤을 지피고 있었다. 밤마다 라스베가스모텔 지하 주점에서 술에 젖은 노래가 반주를 벗어나 괴성으로 울렸고 울림이 잦아드는 시간이면 술집 여자들이 중년의 남성을 끌고 모텔 계단을 들고양이처럼 오르고 내렸다. 외벽의 조명에서 붉고 푸른빛이 온 밤을 번쩍였고 모텔 호실은 욕정으로 질척이는 육체의 절정을 단단하고 내밀하게 지켜주었다. 유림은 세탁소 창에 블라인드를 내려 번쩍이는 조명을 물리쳤다.

유림은 음식점에서 사용하는 물수건을 건조대에 널고 있었다. 전화벨이 울렸다.

— 라스베가스모텔입니다. 모텔 세탁거리를 맡아 주었으면 하는데…….

아르바이트 카운터 아주머니의 전화였다. 처음 건물이 들어설 때 먼지로 인해 피해를 본 일도 있고, 새벽마다 술기운에 욕정을 풀어대는 꼬락서니들이 한심하고 불결했지만 생각해보니 꾸준한 벌이가 생기는 일이기도 해서 별다른 고민 없이 일을 맡기로 했다.

유림은 모텔에서 걷어온 수건과 이불은 다른 세탁물들과 분리해서 처리했다. 수건은 두 번을 삶아서 건조했고, 이불보는 한 번을 삶아서 건조시켰다.

— 사장이 자기 세탁 솜씨 마음에 든다고 하더라. 깨끗하고 향도 은은하고. 내가 봐도 자기 꼼꼼하게 하는 것 같긴 해.

한 달 정도 지난 뒤 카운터 아주머니가 한 말이었다. 카운터 아주머니는 유림보다 20년 위의 연배인 듯 보였는데 한두 번 만난 이후로 유림을 자기라고 불렀다. 유림은 아줌마의 나이를 물어보지는 않았다. 엄마뻘 되는 사람이다 보니 유림도 허물없이 웃어 주었고 살갑게 대했다. 카운터 아주머니는 밤 10시부터 다음 날 점심때까지 카운터를 지켰다. 아주머니는 아침나절에 자주 졸았고 얼굴에 손을 괸 흔적이 화장을 밀어내서 턱 부근이 뻘겋게 눌러 중년여성의 처진 피부 결이 맨살로 드러나 있기도 했다.

쾅! 쾅! 세탁소 문이 세차게 흔들렸다. 유림은 졸음에 겨운 눈으로 시계를 바라보았다. 시곗바늘이 새벽 5시를 지나고 있었다. 쾅! 쾅! 다시 둔탁한 소리가 났다. 유림은 전원 스위치를 올리고 카디건을 걸치고 블라인더를 걷었다. 모텔 카운터 아주머니가 문밖에 발을 구르며 서 있었다.

– 유림 씨 놀랐지? 미안, 자기 오늘 카운터 좀 봐주면 안 되겠니?

큰아이가 음주운전으로 사고가 나서 병원에 실려 갔다고 했다. 큰아이는 안산에서 직장생활을 하고 있는데 회식이 끝나고 술을 먹은 상태로 차를 몰고 귀가하다가 다쳤다고 아주머니는 안산행 버스를 타고 가면서 휴대전화로 유림에게 말했다. 아주머니의 목소리는 울음 반 두려움 반으로 요동치는 버스만큼이나 떨고 있었다. 유림은 큰 사고는 아닐 거라고 아주머니를 진정시켰다. 아주머니는 유림의 전화기에 대고 큰아들의 철없음을 욕했다.

- 술을 먹고 운전을 하는 놈이 세상에 어디 있어? 사춘기 애도 아니고. 아이고, 서방 팔자 사나운 년이 자식 복이 웬 말이냐 마는 이제 겨우 사는 게 좀 잡혀가나 싶더니만, 아이고 내가 못 살아.

아주머니의 가정사가 신세 한탄에 섞여 전화선 상에서 울려 퍼졌다. 아주머니의 울음 섞인 말투에는 탄광촌에서 남편을 떠나보낸 애환과 자녀 학비며 생활비 마련하느라 모질고 험한 일을 전전한 한 여자의 인생이 잿더미로 녹아내리고 있었다. 아주머니는 오늘 하루 수고하라는 말과 고맙다는 말로 전화를 끊었다. 새벽의 어스름이 호텔 가리개 위로 푸르게 밀려오고 있었다.

유림은 307호실 열쇠를 들고 307호실 문 앞에 섰다. 매번 침대보를 갈기 위해서 드나들던 방이었는데 일이 아닌 호기심으로 문을 열려니 심장이 두근대는 것도 같았다. 유림은 망설이다가 문고리를 돌렸다. 은은한 겐조 향이 문틈에서 유림을 끌어당겼다. 호실은 비어있었다. 저 멀리 창가에 오목하게 굽은 겐조 향수가 놓여 있는 것이 보였다. 언제나처럼 뚜껑은 열려 있었다. 유림은 호실 안으로 들어섰다. 어제 새로 입혀놓은 침대보가 반듯하게 펼쳐져 있었다. 침대보에서는 햇빛 냄새가 났다. 유림은 언젠가부터 307호 침대보와 이불은 세탁 후 햇볕에 말려서 가져다 놓았었다. 유림은 혹여나 접힌 부분이 있는지 침대보를 다시 한 번 손으로 쓰다듬었다. 햇살 냄새는 겐조 향을 더욱 생생하게 자아올리는 것인지 유림은 알 수 없었지만 햇살 냄새가 겐조 향에 어울리는 유일한 덧 향이 아닐까 하는 생각이 들기도 했다. 햇살에 바삭하게 말린 침대보에서 간간히 겐조 향이 베어져 나올 때면 거뭇한 세상이 하얀 속살을 드러내는 듯 환시를 보곤 했었기 때문이었다. 겐조는 햇살을 담고 햇살을 숙성시켜 지상으로 피워내는 환후와도 같은 향일 것이라고 유림은 속으로 생각하며 미소를 지었다. 유림은 창가로 다가갔다. 희드라세탁소 간판이 보였다. 희드라세탁소 맞은편에 라스베가스모텔의 창들이 얼음 절벽처럼 막고 있었기에 당연한 것이었는데 유림은 그동안 이 간단한 방향의 이치를 처음 생각하게 되었다. 307호에서 자신의 거주공간이 보인다는 것을 막상 현실로 대하게 되자 유림의 얼굴에 가는 홍조가 갑자기 밀려왔다. 307호에서는 희드라세탁소를 곧바로 내려다볼 수 있었다.

순간 거친 손길이 느껴졌다. 유림은 화들짝 놀라 몸을 돌렸다. 처음 보는 사람이었다. 아니, 언젠가 본 적도 있는 사람인 것도 같았다. 누구지? 누구였지? 남자는 붉은 얼굴에 번질번질한 생을 살아온 사람이었다. 누구지? 누구였지? 유림은 비명을 끌어올렸다. 남자가 유림의 입을 막았다. 열어 놓은 호실 문이 닫혀있었다. 남자는 유림을 끌어당기고 호실 바닥에 쓰러뜨렸다. 가르마를 탄 머리 정수리 주변으로 하얀 두피가 드러났다. 대머리. 유림은 몸을 오므려 모으며 저항했다. 다리를 힘껏 끌어모으고 머리를 이리저리 거칠게 돌렸다. 남자의 억센 손이 유림의 치마를 걷어 올렸다. 유림은 부들부들 떨었다. 유림은 남자의 손을 물었다. 남자의 손바닥이 유림의 뺨을 지났다. 유림은 입술을 깨물고 소리쳤다. 몸속 깊은 곳에서 눈물이 푸르게 솟았다. 남자는 유림의 브래지어를 뜯어냈다. 유림의 새하얀 가슴이 햇살에 드러났다. 남자는 찢어진 눈을 치켜뜨고 유림의 가슴에 얼굴을 묻었다. 유림은 혼신의 힘으로 몸을 말았다. 아버지……. 유림은 서판욱을 불렀다. 남자의 정수리에서 나는 강한 휘발성 스킨냄새가 겐조 향을 지워내며 유림을 덮쳐왔다. 호실 문이 열렸다. 비틀거리는 남자가 들어섰다. 비틀거리는 남자가 한껏 사나워진 중년 남자의 등을 발바닥으로 찍어 비틀었다. 역겨운 스킨향이 저만치로 밀려나겠다. 유림은 윗옷을 여미고 치마를 부여잡고는 뛰쳐나왔다. 유림은 세탁소의 문을 걸고 주저앉아 바들바들 떨었다.

선산부 조장 유중겸은 총무부로 향했다. 철제책상 사이로 우유 전표와 두부 전표를 정리하던 사무경리가 유중겸을 빤히 쳐다보았다.

－이근환이 어딨어! 이근환, 이 새끼 어딨어!

사무경리는 총무과장 이근환은 진폐환자 퇴직처리 문제로 상무실에 갔다고 했다. 유중겸은 총무부를 나와 2층 상무실로 향

했다. 이근환이 담배를 물고 계단을 내려오고 있었다. 유중겸
은 이근환의 멱살을 들어 올렸다. 이근환은 찢어진 눈으로 유중
겸을 노려보았다.

　- 당신 지금 뭐하는 짓이야? 이거 못 놔!

　- 야, 이 새끼야. 니가 한 수작을 몰라! 그 말이 입 밖에 나
와, 이 새끼야! 탄가루 처먹어 가면서 골골하는 사람 등쳐먹는
천하에 썩을 새끼가! 너 오늘 잘 걸렸다. 가자, 상무실로. 이 새
끼야! 내가 상무고 사장이고 간에 너 그간에 해쳐먹은 짓거리를
싹 다 불어줄 테니!

　유중겸은 이근환의 멱살을 더욱 세차게 채고 상무실 방향으로
끌었다.

　- 이 새끼가? 이거 못 놔. 이거 놓고 차근차근 말해 임마! 뭘
알아들어야 파투를 내든지 땡을 잡든지 하지. 이거야 원.

　이근환은 담배를 물고 커피를 주문했다. 이근환은 유중겸에
게 부여 잡힌 목이 불편했는지 와이셔츠 위 단추를 풀고는 목을
주물렀다. 이근환은 유중겸을 쏘아보며 말을 이었다.

　- 퇴직금 지급률은 단순히 근속연수를 따지는 게 아니오. 유반
장이 뭔가 오해가 있는가본데 오해 푸시오. 내 설명을 할 테니.

　- 이봐, 이 과장! 개수작하지 마라. 퇴직금은 우리들 같은 사
람한테는 피 같은 돈이여, 몸에 구멍이란 구멍은 전부 새까만
먼지로 덮였어! 덮이다 못해 이제 탄가루가 무슨 아귀같이 온

뼈에 들러붙어 있어. 알아? 당신이! 탄밥 먹다 보니 밥을 씹는 건지 탄을 씹는 건지 분간이 안 되는 것들이 바로 우리들 막장 인생이야! 그런 엿 같은 인생 등쳐먹는 게 총무부 새끼들 바로 니들 아니여, 씨팔!

유중겸은 테이블을 주먹으로 내리쳤다. 커피에 설탕을 한 술 섞고 있던 다방 아가씨가 눈을 동그랗게 모으고 슬그머니 자리를 피했다.

- 유 반장. 알다시피 광부 복지자금이라는 것이 어디서 생긴다고 보시오? 그게 다 퇴직금에서 십시일반하고 광업소에서 일부 보조해서 적립된 거 아니오. 그래서 그 적립금으로 사고가 발생하면 지원금을 주는 것이고.

이근환은 커피 잔을 들고는 몸을 뒤로 젖혔다.

- 지금 내가 그걸 몰라서 이러는 것이여? 복지자금에 일부 빠진다고 하더라도 그게 한두 푼이지 열 장 중에 두 장이나 비면 그게 가당키나 하는 소리여. 그건 복지자금에 한 장 들어갔고 나머지 한 장은 니들이 해 처먹는다는 것이잖아!

유중겸은 눈을 부릅뜨고 덤벼들 기세로 소리쳤다.

- 아, 이 양반 말귀 못 알아듣네. 최 씨가 퇴직하기 전에 돼지 전표하고 두부 전표 또 뭐냐, 회사에서 가불해서 환수하지 못한 기타 등등 뭐 이런 것들 공제하고 나니깐 그럴 수밖에 없지. 그런 것까지 내가 어떻게 다 일일이 기억을 해. 그거 다 알고 싶으면 경리한테 가서 장부 보여 달라고 해.

– 뭐여, 장부? 알겠어. 우리 같은 사람이 배운 것 없고 아무렇게나 굴러먹다 막장에 기어들어 왔다고 니들 펜 들고 씨부랑대면 다 되는 줄 아는가본데 지금. 내 문자에 어둡더라도 이번만은 안 넘어가. 내 장부를 광진공이든 동자부든 간에 그대로 넘길 테니깐. 총무부 말이 거짓이면 당신들 알아서 해!

유중겸은 탁자를 주먹으로 내려치고 의자를 박차고 일어났다. 커피 잔이 기울어졌고 쏟아진 커피가 탁자에 흘렀다. 이근환은 커피를 한 모금 길게 마시고 입술을 혀로 둘렀다. 쓴 커피가 입안을 찝찌름하게 맴돌았다. 총무부장이 공석이었고 자신은 곧 총무부장으로 진급을 앞두고 있었다. 이근환은 가늘게 실눈을 뜨고 담배를 물었다.

탄광촌의 지반 아래는 수십 개의 갱도가 수 킬로미터씩 끝도 없이 나아갔다. 광업소마다 경쟁이라도 하듯이 폭약을 터뜨렸고 폭약이 터진 자리마다 새로운 갱도가 가지를 뻗어 나갔다. 지상의 땅은 구획마다 주인이 달랐지만 지하의 땅은 구획을 그을 수 없었기에 누구랄 것도 없이 두더지처럼 서둘러 굴을 파나갔다. 갱도는 이리저리 얽히고설키어 갱도 경계가 모호한 경우도 많았다. 주인 없는 갱도를 두고 광업소는 소유권 분쟁이 날로 늘어갔고 결국은 당사자 간 광구 분쟁 협정 결의서를 채택하여 논란을 잠재웠다. 모든 광업소는 도면상에 갱도의 위치와 길이를 옮겨 두었지만 도면에 표시된 갱도에 관한 정보는 지상의 기호일 뿐 막장의 어둠을 낱낱이 밝힐 수는 없는 노릇이었다. 막장은 사무실 책상 위에 그려놓은 도면만으로 이해할 수 있는 성질의 것이 아니었다. 탄부의 오래된 경험과 예민한 직감만이 막장의 윤곽을 어렴풋이나마 짐작하게 했으며 그것마저도 극히 일부만 겨우 더듬을 수 있었다. 검게 입을 벌린 막장은 세상의 언어나 기호 체계로는 식별할 수 없었다.

폐를 감싸고 혈관이 뻗쳐가듯 갱도는 광맥을 쫓아 사방으로 뻗어 갔다. 큰 바위에 부딪혀 좌우로 방향을 틀기도 했고 지하 절벽을 만나 꼼짝없이 멈춰 서기도 했다. 갱도를 멈춰 세운 지하 협곡은 가파른 절벽으로 커다란 기둥 하나가 통째로 빠져버린 나락의 공간이었다. 지하 절벽은 미궁의 중심에서 검은 입을 벌리고 선 지하 세계의 블랙홀이었다. 지하 절벽을 지나면 검고 거친 세상이 감쪽같이 사라지고 저 푸른 바다 어디 모래 해안에 당도할 수 있을 것도 같았다. 처음 갱도를 굴착했던 탄부들은 갱도를 이어가다 지하 협곡에 발을 헛디뎌 추락하기도 했는데 수십 미터에서 수백 미터에 이르는 그 무시무시한 아가리 속에서 광부들의 몸뚱이는 미지의 곳으로 빨려 들어가 다시는 모습을 볼 수 없었다. 지하 협곡은 적막함에 형체가 뒤틀린 심해 생명체처럼 가만히 입을 벌리고 지구의 중심부에서 밀어 올리는 흉흉한 소리로 숨 쉬고 있었다.

유중겸은 을반 채탄 일을 끝마치고 갱도를 벗어나는 시간에 지하 절벽 입구에서 실족했다. 유중겸의 시신은 수습이 불가능하며 실족 당시 술이 덜 깬 상태로 지하 절벽의 위험표시를 식별하지 못한 채 실족했다고 사고사 진상위는 결론을 내렸다. 유중겸은 갱내 업무 규정을 무시했고 동료의 만류에도 불구하고 위험지역에 진입하여 일어난 사고로 처리되었다. 실족 직전 함께 작업을 했던 동료가 유중겸의 음주사실을 경찰에 진술했고 경찰은 사건경위서에 기록했다. 술이 덜 깬 유중겸을 삼킨 지하 절벽은 사고 직후 측정 결과 깊이 307m, 폭 6m이며 307m아래로 추락한 사람에 대한 신원처리는 실종보다는 사망으로 인정할 수밖에 없다고 사고사 진상위와 경찰은 서둘러 사건을 종결했다. 실종된 유중겸은 가족의 동의 하에 사망 처리되었다. 지하 절벽 입구에는 나무 동발을 박고 붉은 글씨로 추락주의라고 쓰여 있었다. 유중겸의 아내는 까마득한 절벽의 입구에서 유중겸의 이름을 부르다 실신했다. 유중겸의 아들은 어머니를 부축했고 총무부서 직원의 인도로 갱도를 나왔다. 지하 절벽은 기척도 없었다.

탄광촌이 술렁거렸다. 읍내 벽보에 지방선거 출마자 사진이 도열했다. 선거 도우미들이 유니폼을 갖춰 입고 로터리와 사거리에서 손가락을 펼쳐 출마자의 번호를 허공에 찍어댔다. 출마한 사람들은 출마의 변을 말하기보다는 유력정당의 호위 아래에서 기호 몇 번이라는 숫자로만 자신을 알렸고 유력 정치인의 이름을 자신의 이름 앞으로 불러와 한 표를 호소했다. 대여한 1톤 트럭은 스피커 볼륨을 한껏 높였고 유행가에 출마자의 이름을 섞어 온종일 돌려댔다. 초, 중, 고등학교 동창회가 이 틈을 비집고 들어와 읍내를 점령했고 조기축구회 회원들은 고기 굽는 가든 앞에서 이를 쑤셨다. 반명함판 증명사진이 찍힌 출마자의 명함이 길거리에서 나풀거리며 굴러다녔다. 기차 소리에만 기침하던 조용한 탄광촌이 일시적 호경기에 눈을 뜨고 쿨럭거리며 요동쳤다. 어디에서 나타났는지도 모를 사람들이 선거사무실 앞으로 도열해 피켓을 공중으로 쑤셔대며 함성을 질러댔고 아이들은 사탕을 물고 어른들의 가련한 모습을 고스란히 학습하고 있었다. 재래시장 순대국밥 집에는 마을 어르신들이 삼삼오오 모여 끓는 기침으로 소주잔을 기울이며 호불호를 긋고 삿대질을 해댔다. 소읍 탄광촌에 모처럼의 경기가 돈다고 정육점 주인이 도마 위 삼겹살을 힘차게 끊어냈다.

유림은 공인중개사 사무소에 히드라세탁소 건물 처분을 의뢰했다. 머리 희끗한 공인중개사가 '사정상 급매물'이라는 굵은 글씨를 사무실 게시판에 써 붙이고는 부동산 경기가 예전 같지 않다고 넋두리를 해댔다.
　- 그래, 생각 잘했어. 여기는 글러 먹었어. 젊은 처자가 하마, 큰 데서 터를 잡아야지 앞길이 구만린데.

흐릿한 봄 햇살이 폐탄더미에 부딪혀 번졌고 거뭇한 바람이 불었다. 옷깃을 여미고 걸음을 옮겨 세탁소로 돌아온 유림은 문을 굳게 걸고 블라인드를 내렸다. 블라인드 사이로 라스베가스 모텔 간판이 보였다. 유림은 무심코 307호 쪽을 바라보았다. 307호 창가에 사람의 실루엣이 보이는 듯하더니 사라졌다. 유림은 문에서 두어 발짝 물러섰다.

이근환이 군수에 당선했다. 유력정당의 공천을 받은 이근환은 80% 가까운 득표율로 힘들이지 않고 선거에서 이겼다. 이근환을 공천한 정당은 지역에서 오래된 영향력을 행사하고 있었고 그간의 선거에서 단 한 번도 상대당의 입성을 허락한 적이 없었다. 이근환은 공천을 받는 순간 당선 통지서를 받은 것과 다를 바가 없었다. 이근환은 공천을 받는 순간에 사실상 승리를 예감했다. 개표 세 시간 만에 언론을 통해 당선 확정이 발표되자 이근환은 당선 소감을 밝혔다. 탄광촌의 발전을 위하여 군청의 행정을 면밀히 살필 것이고, 지역경제 활성화를 위하여 정부주도 사업유치를 다짐했으며 도청과의 긴밀한 협의로 지역발전의 중흥을 견인하겠다고 잔뜩 물이 오른 포부를 드러냈다. 이근환의 당선 일성에 선거사무장을 비롯한 지지자들이 박수갈채와 환호성을 질렀다. 기름을 바른 머리를 한껏 빗어 넘긴 이근환은 진한 스킨향을 풍기면서 손을 흔들어 지지자들의 박수를 더욱 끌어 올렸다. 방송사 지방국 기자들과 지방 언론

사 기자들이 연단에서 내려오는 이근환을 카메라에 다투어 담았다. 이근환은 날카로운 눈매를 숨기고 입꼬리를 밀어 올리며 사람 좋은 미소로 카메라를 응시했고 왼손으로 살짝 벗겨진 정수리를 매만지며 오른손으로 정당 기호를 찍으며 포토타임을 가졌다.

세탁소 건물을 내놓은 지 열흘이 지나도록 매각소식이 없었다. 공인중개사는 탄광 지역의 공시지가 하락으로 매매 건수가 줄어 매각은 신통치 않으니 매물 가액의 폭을 줄이기를 전화상으로 권유했었다. 유림은 공인중개사 사무실에 다시 들렀다. 공인중개사는 제값을 받기는 어려울 것 같으니 매각보다는 전세임대를 권했다. 향후 수년간 특별한 호소식이 없는 한 매각은 어려울 것 같고 그나마 임대에 대한 문의는 간혹 있긴 하다며 우선 임대하고 추후에 경기가 살아나면 매각하는 방향이 맞는 것 같다고 했다.

― 새로 당선된 군수가 지역에서 뼈가 굵은 사람이고 중앙 쪽과도 인맥이 좋다고 하니 정부 투자사업 하나만 낚아채 온다면 나아질는지도 모르지. 그때 되면 제값 받고 치우는 게 더 나을 거여.

유림은 건물을 매각하고 모든 것을 잊고 떠나고 싶었지만 그마저 여의치가 않았다. 유림은 공인중개사에게 임대로 처리해 줄 것을 부탁하고 들고 온 음료수 상자를 책상 위에 올렸다. '희드라세탁소 급매' 라는 굵은 글씨가 맥이 한풀 꺾인 채 게시판에

옴팍하니 붙어있었다. 그 옆에는 더 큰 글씨체로 '라스베가스호텔 매각'이라고 적힌 게시물이 보였다. 유림은 공인중개사 쪽으로 눈길을 주었다.

─ 응, 그거, 처자 세탁소 앞에 있는 모텔이잖아. 아, 그것도 이번 참에 매각이 나왔어. 여기뿐만 아니라 저 윗동네 중개사에도 양다리 걸쳐 둔거여. 이번 선거에 그 건물 주인이 군수가 되었다고 팔아치울 모양인데, 워낙 덩치가 커서 팔기 어려울 거여.

유림은 어지럼이 일었다. 유림은 임대처리를 부탁하고 공인중개사 사무실을 나왔다. 저 멀리 도로의 끝에서 아지랑이가 피어올랐다. 아지랑이 저편으로 차량들이 하늘거리며 꿈처럼 사라져 갔다.

이근환의 선거관리 사무실 해단식이 있었다. 해단식 자리에는 부군수가 현직군수의 당선 축하 난을 들고 찾아왔고 차기 군수에게 눈도장을 찍기 위해서 지역유지들이 화환을 앞세워 참석했다. 선거사무장이 지지자들을 사무실 여기저기에 배치했다. 지역 기업의 대표이사들은 맨 앞좌석에 앉았고 상공회의소 소장, 라이온스 클럽회장, 해병전우회장 등 관계자들을 포함한 지역 유관기관 참석자들은 그 뒷줄에 앉았다. 노인회장과 여성회장은 특별히 배려되어 좌석을 확보했고 일반지지자들은 반원을 그리며 도착 순서로 기립한 채 당선인을 축하하기 위해 웅성거리며 도열해 있었다. 이근환은 해단식 시작 시간 삼십 분이 지나 도착했다. 참석한 사람들이 일제히 기립하여 새 군수를 영접했다. 사무장이 박수를 유도했고 박수가 끝나자 지정된 좌석에 착석했다. 이근환은 준비된 소감문을 펼쳤다.

– 여러분 감사합니다. 이번 저의 승리는 저만의 승리가 아니라 우리 당과 저를 지지해 주신 여러분들의 위대한 승리입니다. 저는 이번에 군민 여러분들의 압도적인 성원에 힘입어 군정을 책임지게 되었습니다. 저는 탄광에서 소시민들과 함께 동고동락한 현장 경험이 있습니다. 저는 탄부들과 그 가족들의 고통을 누구보다 옆에서 오랫동안 지켜보았습니다. 폐광으로 실직한 아버지의 눈물을 보며 안타까워했습니다. 지아비의 부재를 감내하며 자식들을 보란 듯이 건사한 우리 어머님들의 헌신을 보면서 늘 가슴이 메여왔습니다. 저는 우리 폐광지역이 예전의 영광을 다시 한 번 재현할 수 있도록 제 모든 것을 다 바쳐 군정에 임할 것입니다. 여러분들의 선택이 틀리지 않았다는 것을 보여 드리겠습니다. 그래서 4년 후 다시 이 자리에 설 수 있도록 제가 가진 열정을 쏟아 부을 것입니다. 이번 선거에서 저의 개인적인 영광을 고향인 이 땅의 발전으로 반드시 이끌어서 사랑하는 군민 여러분께 그 성과와 혜택을 고스란히 돌려 드리겠습니다. 저를 믿고, 저와 더불어 우리 지역의 발전을 위해 모두 함께 노력해 나갑시다. 다시 한 번 성원해 주신 여러분께 진심으로 감사의 말씀을 드립니다.

이근환은 찢어진 눈에 힘을 주어가며 소감문을 읽었고 머리를 숙여 감격에 찬 인사를 하였다. 이근환은 앞좌석에서부터 기립해 있는 참석자들과 악수를 나누었다. 부시장은 이근환의 옆을 따르며 지역유지들의 직함과 이름을 소개해 주었다. 노인회장께 머리 숙여 인사를 드리고 고개를 들었을 때, 저만치에서 슬며시 등을 보이며 문을 나서는 남자가 보였다. 이근환은 순간적으로 흠칫 놀랐지만 예의 다시 웃는 얼굴로 참석자들에게 목례를 끄덕였다. 이근환은 해단식을 끝내고 자동차에 올랐다. 운전기사가 차에 시동을 걸고 다음 행선지를 알려주었다. 이근환이 양복의 매무새를 다잡고 고쳐 앉을 때 차창 밖 저만치 전주 뒤에 담배를 물고 이근환의 차를 보고 있는 남자와 시선이 부딪쳤다. 남자는 쓴웃음을 짓고 경멸하는 눈길을 쏘아내고 있었다.

― 저놈은…….

이근환은 라스베가스 모텔 307호실에서 유림의 벗겨진 브래지어 사이로 드러난 가슴골이 눈앞에 스쳤고 그와 동시에 오래전 실족사한 유중겸을 떠올렸다.

남자는 희드라세탁소 앞에서 굳게 걸어 잠긴 문짝을 쳐다보았다. 붉은색 페인트 글씨체가 녹물에 벗겨져 있었고 하얀색 바탕은 군데군데 균열이 생겨 페인터 껍질이 일어나 있었다. 빛이 바랜 희드라세탁소 간판 위에 금이 간 틈 사이로 서판욱의 얼굴이 넌지시 스며있는 것도 같았다. 남자가 유중겸을 지하 절벽으로 밀쳐낼 때 서판욱은 남자를 보고 눈을 부라렸다. 서판욱은 유중겸이 떨어진 시커먼 암흑 속으로 울부짖으며 소리쳤다. 암흑 속으로 서판욱의 목소리가 빨려 들어가면서 메아리로 흩어졌다. 남자는 다리에 힘이 풀려 갱내에 풀썩 주저앉았다. 서판욱은 유중겸의 실족 순간을 구체적으로 증언할 수 없었다. 서판욱은 유중겸이 실족한 이후에 현장에 왔었고 그 자리에 남자가 부들부들 떨면서 앉아있었다고 진술했다. 서판욱이 선산부에 편입될 때 남자는 사직서를 제출했고 총무과장 이근환은 사직서를 접수하고 남자를 내보냈다. 남자의 사직 이유는 폐쇄 공간 공포증으로 채탄 업무를 지속할 수 없고 계속되는 음주로 알코올 의존증상이 농후하여 업무에 심각한 결격요인이 있다고 총무부는 자체 확인서를 첨부하였다. 광업소를 사직하고 남자는 매일 술에 절어 살았었다. 남자는 라스베가스모텔 삼 층을 올려다보고 고개를 끄덕였다. 남자가 택시를 세워 경찰서로 향했고 307호 커튼이 닫혔다.

라스베가스모텔의 주인이 바뀌었다. 새 주인은 간판의 이름을 바꾸지는 않았고 외벽의 페인트 색만 더욱 화려한 색깔로 덧대었다. 최신 편의시설, 풀식 욕조, 초고속 인터넷 시설, 장기 투숙객 40%할인이라는 새 현수막이 매달렸고 카운터 아르바이트생 급구라는 전단이 붙었다.

– 자기 나 해고됐다. 주인이 바뀌었어. 자기도 알지?

아들은 다행히 괜찮아. 면허 정지 먹고 지금은 출근하고 있어.

아, 자기 307호 말이야. 장기투숙 해지했더라. 얼마 전에 새 카운터 경리에게 업무 인수인계해준다고 들렀던 날에, 무슨 박스를 하나 들고 내려오더라구. 얼굴이 희멀건하고 여전히 눈이 깊은 게 맘에 걸리더라. 자기랑 나이가 비슷한 것 같던데.

유림은 서판욱의 사진을 들어 소매로 닦고 또 닦았다. 유림은 서판욱의 사진 앞에서 절했다. 영정 사진 속 서판욱은 해죽이 입을 벌리고 웃음을 짓고 있었다. 웃는 얼굴 위로 주름살 깊은 이마가 접혀 있었고 머리카락 위로 흰 눈이 매달려 있었다. 흰 눈에 젖은 머리카락 뒤편에 희드라세탁소라는 글씨가 선명하게 쓰여 있었다. 세탁소를 개업하던 날에 찍은 서판욱의 마지막 사진이었다. 유림은 향을 피우고 술을 따랐다. 유림은 신문에 싸 놓았던 석류를 꺼내어 서판욱의 사진 옆에 놓았다. 석류는 말라 있었다. 석류 씨가 마른 육즙 사이로 뾰족이 드러나 있었다. 마른 육즙에 초파리가 눌어붙어있었고 윤기를 잃은 석류알의 예민했던 생동감이 쪼그라져 있었다. 말라붙은 석류의 단면은 구멍 막힌 폐를 닮아있었다. 폐암 환자의 몸을 열면 검붉게 덮은 종양이 폐의 전면을 조여서 폐 구멍으로 드나드는 공기마저도 아프게 폐를 찔러서 호흡을 할 때마다 통증이 골수에까지 사무친다고들 했다. 서판욱의 조직검사가 있던 날 의사는 폐 조직의

사진을 펼쳤다. 말라붙은 석류 알들이 암세포로 촘촘히 박혀있
었다.

작가의 말

　슬하에 아직 어린 세 아들이 있는데 아침마다 벌어지는 소동이 있습니다. 이 녀석들이 아침이면 변기통으로 달려가 동시에 오줌을 내지릅니다. 셋이서 고추를 높이 들고 오줌을 누면서 X자나 Y자를 만드는 소동을 벌이는데 여자인 제 아내는 기겁을 합니다. 저는 이런 모습을 보면서 분주한 하루를 시작하게 됩니다. 작가의 말이라는 꼭지를 빌려서 아들 녀석들 오줌 내지르는 이야기를 굳이 끄집어내는 것은 천진난만한 동심을 말하고자 함은 아닙니다. 다만, 산다는 것이 저토록 사소한 소동으로 켜를 이루고 있음을 말하고자 합니다. 그 사소함 속에서 어쩌면 삶이라고 하는 무뚝뚝한 몰골이 그나마 화해하고 있지는 않나 하는 생각을 하게 됩니다. 오줌 누는 아이들이 제게 그것을 가르쳐 주고 있습니다.

　두 해 전 저는 자그마한 계간 문예지에 시를 써서 등단이라는 것을 했습니다. 등단을 했다고 글쓰기가 돌연 편안해질 리는 없습니다. 계속해서 글을 써오면서 글은 쓴다고 될 일이 아님을 알게 되었고, 빈한한 재능을 뼈저리게 알아가면서 혼자 처박혀 울던 날은 여러 날이었습니다. 처박혀 운다고 글이 스스로 알아서 될 리는 없으니 감당할 수 없는 것을 감당해내려는 미련한 사람의 어리석음은 속절없었습니다. 그 속절없음과의 끊이지 않는 냉대와 타협을 거듭하면서 겨우 건져낸 몇 가지의 생각을 추슬러 이 심심한 이야기들은 생겨났습니다. 사정이 이러니 여기에 어떤 문학적 성취라든지 사유의 성장을 말하기는 염치없습니다.

생각을 이어가면서 생각을 글로써 포착해내는 일은 항시 난감합니다. 세상에는 써야 될 많고, 또 분명한 것들이 있지만 그것들을 모두 챙겨서 문자로 드러낼 수는 없습니다. 챙기지 못하는 것들과 오래도록 작별인사를 나누며 청승맞은 눈물토막을 매달고 있되 그럼에도 불구하고 가야 하는 방향을 응시해야만 하는데 그것은 무슨 대단한 것은 아니고 세상의 후미진 곳에서 기척도 없이 생을 일구어 가는 사람과 거기에서 조금씩 돋아나는 진액과도 같은 몇 가지 말들이 있을 것이라는 기대 때문입니다. 글을 쓰는 이에게 이것은 고통스럽지만 아마도 유일한 위로이며 위안이 될 것입니다. 안락의 능선에 참호를 구축하고 그 속에서 자빠져 허송세월하지 않아야겠다고 다짐을 해 봅니다. 귀담아 듣고 새겨서 두세 줄을 받아 쓸 수 있도록 하겠습니다.

아까부터 막내아들 녀석이 딱지 치자고 떼를 쓰고 있습니다. 녀석에게는 이겨낼 재주가 없어 백전백패지만, 그래도 가보아야겠습니다.

2015년 가을에